Impressum
Herstellung und Verlag:
BoD - Books on Demand, Norderstedt

ISBN: 9 783738 633979

20. August 2015

Elisabeth G. Schmidt

(K)ein

stilles

Örtchen

Ein Buch über ganz alltägliche Intrigen, Gemeinheiten und dubiose Begebenheiten, wie sie tagtäglich in unzähligen Firmen überall auf der Welt vorkommen.

Ähnlichkeiten mit lebenden Personen und existierenden Firmen sind rein zufällig und nicht beabsichtigt. Auch die Namen der beschriebenen Protagonisten sind rein zufällig ausgewählt und stimmen nicht mit lebenden Personen überein.

Wenn sich doch wider Erwarten der Ein oder die Andere in der Geschichte wiedererkennt, sollte diese Person eventuell ihr eigenes kollegiales Verhalten neu überdenken.

Kapitel 1

Mein Name ist Lieschen Müller-Maierfeld und meine Geschichte handelt davon, dass ich auf meiner Arbeitsstelle eigentlich nur einmal kurz die Toilette aufsuchen musste. Ja, und da bekam ich dann allerhand zu hören.

Bei mir zu Hause ist die Toilettenbenutzung überhaupt kein Problem, da ich alleine wohne und meine Toilette mir ganz und gar alleine gehört. Aber das sogenannte stille Örtchen, von dem hier die Rede ist, befindet sich in einem Gebäude, in dem ich und viele andere nette oder weniger nette Menschen arbeiten. Frauen und Männer.

Uns Frauen steht ein Raum zur Verfügung, in dem sich zwei separate Toiletten in zwei separaten Kabinen befinden, die durch eine Trennwand voneinander abgeteilt sind. Diese Trennwand ist so hoch, dass man die Andere, die die Toilette nebenan benutzt, nicht sehen kann, außer man steigt auf die eigene Toilette und schaut hinüber.

Aber wer will schon einer Kollegin dabei zusehen, wie sie ihre Notdurft verrichtet?

Ein Waschbecken mit großem Spiegel verschönert den Raum, in dem die Toilettenkabinen stehen, und vor kurzem hatte ein bislang Unbekannter die grandiose Idee, seine oder ihre überzählige Couch in diesem Raum zu entsorgen.
Sehr zum Entzücken von Beatrix, kurz Trixie genannt.
„Ach wie schön,"
jubelte sie,
„jetzt können wir uns dort ein wenig ausruhen."
‚Hallo?‘
dachte ich ein wenig amüsiert.
‚Auf der Toilette ausruhen?‘
Jede Abteilung hat doch ihren eigenen kleinen Aufenthaltsraum, eigentlich eine Küche, aber sehr bequem. Ich muss unwillkürlich an die schlimmen Gerüche denken, die man ab und zu in diesem Raum vorfindet und die einen dazu veranlassen, das Fenster weit zu öffnen oder manchmal sogar, den Raum zu verlassen. Sich dabei zu entspannen kann und will ich mir nun beim besten Willen nicht vorstellen.

Ach ja, ich hatte total vergessen zu erwähnen, dass Trixie zwar hübsch, jung und blond ist, aber leider von der Natur nicht mit großartigen geistigen Fähigkeiten ausgestattet wurde. Nun mag man mir vorhalten, ich sei mit Vorurteilen wegen ihrer Haarfarbe belastet, aber das ist nicht der Fall. Ich bin selbst blond. Trixie ist blond und Trixie ist lieb, immer freundlich und nett und, naja, sie ist trotzdem blond. Außerdem ist Trixie verlobt und will in Kürze heiraten. Ihr Lieblingsthema, an dem sie alle anderen Kollegen und Kolleginnen gerne teilnehmen lässt. Leider lässt ihr Verlobter sie noch zappeln, denn er will sich noch nicht binden, und Kinder will er auch noch nicht. Trixie hingegen träumt von einer ganzen Fußballmannschaft, die sie ihm gebären will.

‚Ach Trixie,'

denke ich,

‚über die Fußballmannschaft reden wir noch einmal nach deiner ersten Geburt.'

Trixie ist immer hübsch gekleidet, und da sie eine wirklich gute Figur hat, kann sie die Miniröcke, die sie ab und zu zur Schau stellt, wirklich gut tragen. Das ist jetzt nicht sarkastisch von mir gedacht. Ich meine es wirklich ehrlich. Außerdem hat sie die Gabe, ihre Kleider, sofern man die Länge überhaupt als Kleid und nicht als Streifen bezeichnen kann, mit den passenden Accessoires zu dekorieren, wie Schals, Ketten und Bänder in den passenden Farben. Natürlich trägt Trixie auch Hosen, die ihr genauso gut stehen, wie die kurzen Kleider und Röcke. Ich muss wohl nicht extra betonen, dass selbstverständlich die Hosen, die Trixie ab und zu trägt, ihr auf den Körper geschnitten sind. Wie sie damit den ganzen Tag am Schreibtisch sitzen kann, ist mir ein Rätsel. Meine Beine wären in so engen Behältnissen in kürzester Zeit abgestorben oder eingeschlafen

Trixie besitzt auch eine große beste Freundin. Sie heißt Julia und arbeitet in einer anderen Abteilung unserer Firma, nämlich der Marketingabteilung, und sie war es, die vor ungefähr zwei Jahren die Einstellung ihrer kleinen besten Freundin durchgesetzt hatte. Diese Freundin ist das genaue Gegenteil von Trixie. Eher etwas altbacken und dicklich. Trixie versuchte bisher vergeblich, ihrer besten Freundin die moderne Mode von heute schmackhaft zu machen. Die beste Freundin wehrt sich standhaft. Was ich nun wiederum beim besten Willen nicht verstehen kann. Nicht, dass ich mir Trixies beste Freundin in einem Minirock vorstellen könnte, das auf keinen Fall, aber ein bisschen modischer, sagen wir mal moderner, würde ihr bestimmt nicht schaden.

Julia, Trixies beste Freundin, arbeitet ganz alleine in einem Büro, das die meiste Zeit verschlossen ist. Wenn man etwas von ihr will, muss man laut klopfen, damit sie es öffnet. Das Telefon in ihrem Büro ist fast immer auf die Zentrale umgestellt, und daher ist es schier unmöglich, sie einmal persönlich zu erreichen. Sie ist ein paar Jahre älter als Trixie, doch nur bei ihr geht sie etwas aus sich heraus. Zumeist ist Julia sehr zurückhaltend. Sie ist verheiratet und hat drei Kinder, die tagsüber auf sich alleine gestellt sind, denn auch ihr Mann arbeitet. Julia ist eine etwas korpulente Person, die, wie schon zuvor angemerkt, Trixies Bemühungen, ihr Äußeres zu verbessern, bisher konsequent widerstanden hat. Durch viel zu weite Kleidung versucht sie, ihre Korpulenz zu kaschieren, aber sie wirkt deshalb noch dicker, als sie es wirklich ist. Julia spricht ihren lokalen Akzent, kann aber, wenn nötig, ins perfekte Hochdeutsch wechseln. Selten sieht man sie lächeln, meistens ist sie sehr ernst. Trixie und Julia mögen sich sehr, und sie zeigen es immer wieder durch kleine Umarmungen und Küsse, wann immer sie sich im Gebäude treffen.

Es tut mir jedes Mal weh, diese Zärtlichkeiten mit ansehen zu müssen, denn auch meine kleine, ehemals beste Freundin arbeitet hier. Sie heißt Martha, ist jedoch das genaue Gegenteil von Trixies großer Freundin, nämlich hinterhältig und falsch. Zudem sehr introvertiert und wenn Sie einmal eine Person anlächelt, kann man seinen

Kopf darauf wetten, dass es entweder die Geschäftsführer, deren Sekretärin, also die Chefsekretärin oder ein Mitglied des Aufsichtsrates sind. Alle anderen übersieht sie ganz einfach, schaut über sie hinweg oder durch sie hindurch, was sie perfekt beherrscht. Leider habe ich das aber erst viel zu spät erkannt. Doch dann machte ich einen Schlussstrich unter unsere Freundschaft, und seither ist sie halt meine ehemals beste kleine Freundin.

Wenn meine ehemals beste Freundin, eben jene Martha, an ihrem Schreibtisch sitzt, zieht sie jedes Mal ihre Schultern so hoch und ihren Kopf so ein, dass man glaubt, sie hätte einen Buckel. Den sie natürlich nicht hat. Auch beim Autofahren zieht sie die Schultern hoch und streckt ihren Kopf weit vor und ähnelt so einer Schildkröte.
Als wir noch beste Freundinnen waren, hatte ich sie einmal auf die Ähnlichkeit mit der Schildkröte hingewiesen, aber sie hatte nur ungläubig ihren Kopf geschüttelt. Ihre Haltung änderte sie nicht, und daher sieht sie heute noch so aus, wie sie manchmal halt aussieht, nämlich wie eine Schildkröte.

Selbst heute kann ich immer noch nicht begreifen, welche Verwandlung Martha durchgemacht hat. Sie, die ehemalige Übermutter, die andere

Mütter verurteilte, wenn sie arbeiteten und ihre Kinder anderen Menschen überließen, gab nun selbst ihre beiden Kinder zu fremden Menschen, um Karriere zu machen. Sie, die jammerte als ihr Mann es nicht schaffte, bei der letzten Wahl in den Dorfgemeinderat gewählt zu werden, und deren Ehe seit geraumer Zeit gescheitert ist, wie hinter vorgehaltener Hand gemunkelt wird. Wundert es mich? Nein, auf keinen Fall. Ich kann mir gut vorstellen, was in einem Ehemann vor sich geht, wenn er erkennt, dass die Frau, die er einmal geliebt und deshalb schließlich auch geheiratet hat, nicht mehr die Frau ist, die sie früher einmal gewesen war. Auch Martha, etwas jünger als Julia, ist in ihrer Kleidung sehr konservativ und man könnte meinen, sie würde in einem Kloster arbeiten und nicht in einer internationalen Firma.

Ich selbst habe die Wandlung von Martha hautnah erfahren. Schon nach knapp einem Jahr, nachdem ich ihr zu ihrer Einstellung in unserer Firma verholfen hatte, hatte sie sich hinterhältig meine Stelle ergattert und ließ mich ihrer eigenen Karriere zuliebe einfach fallen.
Die Erkenntnis darüber und der Schmerz danach halten bis heute noch bei mir an. Immer wenn ich ihr begegne ist es, als ob ich von tausenden von Pfeilen direkt in mein Herz getroffen werde. Sie

hat für mich nur noch ein müdes, überhebliches und arrogantes Lächeln übrig. Ich hatte mich immer als ihre Beschützerin gesehen und ihr auch deshalb bei ihrer Stellungssuche geholfen. Auch bei ihren ersten schwierigen Schritten in der Firma hatte ich ihr geholfen und ihr so manchen Stolperstein aus den Füßen geräumt. Aber wenn ich jetzt sehe, wie sie selbst ältere Kollegen, die schon Jahre lang in unserer Firma arbeiten, für ihre Zwecke ausnutzt um sie anschließend, genau wie mich, fallen zu lassen und nicht mehr zu kennen, würde ich ihr am liebsten zurufen:

„Martha, was machst du da? Komm wieder auf den Boden zurück. Kennst du nicht das Sprichwort: Wer hoch steigt, fällt tief?"

Aber ich bin still. Es würde doch nichts nützen. Sie würde mich doch nur in ihrer unnachahmlich arroganten Art ansehen und einfach stehen lassen.

Die Abteilung, in der meine ehemals beste Freundin arbeitet, ist sehr klein und besteht fast ausschließlich aus ihr. Manchmal kommt eine Aushilfe, die aber nur stundenweise im Monat dort arbeitet. Sie heißt Lydia und ist sehr verschlossen. Zwar lächelt sie immer schüchtern, wenn man ihr begegnet, aber huscht jedes Mal schnell davon, aus Angst, angesprochen zu werden.

Vor einigen Monaten hatte ich sie einmal morgens vor dem Bürogebäude, in dem wir arbeiten, getroffen. Sie stand gegen die Hauswand gelehnt, und sie schien zu weinen.

„Was ist los, Lydia?"

Fragte ich sie erschrocken. Doch sie schüttelte nur den Kopf. Als weitere Autos vorfuhren, eilte sie ins Gebäude. Ich folgte ihr, denn ich hatte bemerkt, dass sie blaue Flecken an den Armen und im Gesicht hatte. Bevor die anderen Mitarbeiter ins Gebäude hereinkamen, zog ich sie schnell in eines der Büros, das zurzeit leer stand. Fragend sah ich Lydia an, und da fing sie plötzlich bitterlich an zu weinen. Eigentlich hatte ich überhaupt keine Zeit und wusste, dass ich eventuell in Schwierigkeiten geraten könnte, wenn ich zu spät im Büro erschien, aber das war mir jetzt sowas von egal.

„Lydia, was ist los?"

Dieses Mal stellte ich meine Frage etwas energischer und ich hatte damit Erfolg. Lydia, deren Tränen wie kleine Rinnsale ihren Wangen herunter liefen, fing an zu erzählen.

„Mein Mann!",

schluchzte sie,

„Mein Mann hat mich gestern Abend geschlagen und gesagt, dass er mich umbringen wird. Vor meinem Kind hat er das gesagt."

Ihr Schluchzen wurde lauter und ihr ganzer Körper zitterte. Sie tat mir so leid und eine ungeheure Wut auf ihren Mann stieg in mir hoch. Hatte ich doch das Gleiche vor Jahren mit meinem eigenen Mann erlebt und wusste daher, wie elendig sich eine Frau danach fühlt.

„Du musst zur Polizei gehen, Lydia. Du musst ihn unbedingt anzeigen."

Doch sie schüttelte verzweifelt ihren Kopf.

„Er sagt, er nimmt mir die Kleine weg, wenn ich das tue."

„Nein, Lydia, nein. Genau das Gegenteil wird passieren. Dir wird geholfen und du und dein Kind werden vor ihm beschützt. In einem Frauenhaus zum Beispiel, da findet er dich bestimmt nicht."

Doch woher nehme ich diese Zuversicht, woher nehme ich mir das Recht, Lydia solche Dinge zu sagen, wo ich doch am eigenen Leib erfahren habe, dass es nicht unbedingt stimmen muss, dass ein brutaler Ehemann seine Kinder bei einer Scheidung nicht bekommt? Meine Kinder mussten bei ihrem gewalttätigen Vater bleiben und waren dann seinen Launen und aggressiven

Ausbrüchen hilflos ausgeliefert. Aber das sagte ich ihr in diesem Moment natürlich nicht.

„Er findet mich überall hat er gesagt."
Wieder ein lautes Aufschluchzen dieser verzweifelten Frau. Ihre Augen, die mich nun ansahen, waren so voller Hoffnungslosigkeit und Verzweiflung, dass ich am liebsten mit ihr geweint hätte. Aber ich konnte und wollte sie nicht wieder diesem Mann ausliefern. Endlich willigte sie ein, mit mir zur Polizei zu gehen, um eine Anzeige aufzugeben. Auch zum Arzt fuhr ich danach mit ihr, um ihre Verletzungen bescheinigen zu lassen, so wie die Polizei es ihr geraten hatte. Anschließend fuhr ich sie zu ihrer Mutter, die, während Lydia arbeitete, auf ihre kleine Tochter aufpasste. Als Lydias Mutter ihre Tochter sah, begann auch sie zu weinen.
„Immer wieder sage ich ihr, sie soll ihn verlassen, sie soll weg gehen von ihm, aber sie hört nicht auf mich."
„Er sagt, dass er mich und die Kleine umbringt, wenn ich das tue."
Bricht es aus Lydia heraus.
„Ich habe solche Angst."
„Ich passe auf Lydia auf, gehen Sie ruhig, Sie müssen doch bestimmt arbeiten. Und vielen Dank für Ihre Hilfe."

Lydias Mutter geleitet mich zur Tür. Es ist lange her, seit ich mich das letzte Mal so hilflos gefühlt hatte, aber Lydias Mutter hatte recht. Ich musste zurück zu meiner Arbeitsstelle.

Natürlich war mein ehemaliger Chef wütend und meine damals noch kleine, beste Freundin tat alles, um in seinen Augen als die verantwortungsvollere Arbeitnehmerin da zu stehen. Schließlich hatte sie ihren Arbeitsplatz nicht unerlaubt verlassen, sondern ich. Dass ich sie darum gebeten hatte, mich bei ihm zu entschuldigen und mich während meiner Abwesenheit zu vertreten, hatte sie wohl vergessen ihm zu sagen. Dass es genau in ihren Plan passte, mir meine Stelle weg zu nehmen, ahnte ich damals ja noch nicht. Erst später wurden mir die Zusammenhänge klar.

Die einzigen Male, an denen ich Lydia seitdem gesehen habe, waren tatsächlich auf der Toilette. Ich meine natürlich, in dem Raum vor den Toiletten. Ich käme doch niemals auf die Idee mich auf eine der Toiletten zu stellen und über die Trennwand zu schauen.
Lydia kommt aus einem fernen Land und lebt erst seit ungefähr drei Jahren in Deutschland. Man kann es an ihrer Sprache erkennen, obwohl sie sich große Mühe gibt, unser schwieriges Deutsch

perfekt auszusprechen. Ein sehr harter Akzent verhindert das jedoch. Ich mag an ihr, dass sie immer freundlich grüßt und einen dabei scheu anlächelt. Manchmal denke ich, dass sich Lydias Lage nicht verbessert hat, aber da sie nicht zu mir kommt, um mit mir zu sprechen, frage ich sie auch nicht weiter. Sie ist nicht glücklich, denn sonst wäre sie nicht so traurig.

Trixies Arbeitskollegin, ihr Name ist Sandra, und sie selbst teilen sich gemeinsam ein Büro. Sandra ist nicht blond. Doch leider steht sie in keiner Weise Trixie in ihren geistigen Fähigkeiten nach. Im Gegenteil, sie ist brünett, schlank und manchmal nett und immer dumm. Außerdem spricht sie kein Wort Hochdeutsch, was dazu führt, dass sie viele Kunden, die sie kontaktieren muss, mit ihrem Plattdeutsch völlig überfordert, sodass andere Kollegen sie bei vielen dienstlichen Besprechungen unterstützen und ihr Plattdeutsch für sie ins Hochdeutsch übersetzen müssen. Sehr zu meinem Erstaunen wird es von der Geschäftsleitung toleriert, aber insgeheim belächelt. Auch Sandra ist verheiratet. Sie hat zwei Kinder und lebt mit ihnen und ihrem Mann in ihrem Elternhaus. Sandra legt großen Wert darauf, jeden Tag pünktlich nach Hause zu kommen und verabscheut es, wenn man sie kurz vor ihrem Feierabend noch mit Fragen belästigt. Sie kann sehr freundlich, nett und hilfsbereit sein. Wie gesagt, sie kann, muss aber nicht. Und es ist viel zu oft der Fall, dass sie nicht muss. Sie besucht unser stilles Örtchen nur ab und zu, da sie nur halbtags arbeitet. Sandras Mode ist nicht sonderlich modern aber auch nicht altbacken. Durch ihre schlanke Figur kann sie alles tragen, und es steht ihr. Nach meiner Meinung könnte sie etwas mehr Farbe in ihre Kleidung bringen, aber wer fragt mich?

Einmal bat ein Kollege Sandra, es war Sebastian aus der Telefonzentrale, ihm einen Brief im Computer zu schreiben. Ich wusste nichts davon, erfuhr es aber, als er betreten vor meinem Schreibtisch stand und mir seinen handgeschriebenen Zettel hinhielt.
„Lieschen,"
meinte er bescheiden.
„hast du vielleicht heute oder morgen Zeit, mir diesen Brief zu tippen? Ich war oben bei Sandra, aber selbst nach zwei Wochen war sie nicht in der Lage dazu."
Ich nahm den Zettel, las ihn kurz und fing an zu tippen
„Nein,"
stotterte er etwas hilflos.
„es muss ja nicht sofort sein, ich meinte doch nur, wenn du Zeit hast."

Ich lächelte ihn an, tippte die restlichen Buchstaben und druckte seinen wirklich kurzen Brief aus.

„Lese ihn kurz durch, ob ich vielleicht einen Fehler getippt habe."

„Schon fertig? Du bist schon fertig?"

Sein Mund blieb vor Staunen offen stehen, während er das Getippte las.

„Alles in Ordnung, das kannst du so lassen."

Also druckte ich es ihm auf das Papier mit dem offiziellen Firmenlogo, ließ ihn den Brief unterschreiben, machte eine Kopie für ihn und legte das Original in das Fach ‚Postausgang' neben meinem Schreibtisch.

Er stand immer noch da und starrte mich an.

„Sonst noch etwas?"

Ich lächelte ihn an.

„Nein, nein. Aber das kann ich nicht verstehen. Du hast das in ein paar Minuten gemacht, und Sandra war überhaupt nicht dazu in der Lage. Das verstehe ich nicht."

„Ist schon gut,"

lächelte ich ihm zu.

„Das nächste Mal kommst du gleich zu mir."

„Ja, danke, Lieschen, vielen Dank."

Leicht kopfschüttelnd verließ er mein Büro und erzählte allen, was er gerade erlebt hatte. Ich freute mich, ihm behilflich gewesen zu sein, denn er hatte schon oft schnell und unbürokratisch bei Problemen mit dem Telefon geholfen.

Natürlich gehört in so einen Betrieb auch eine Chefsekretärin. Nun gibt es bestimmt Chefsekretärinnen, die ihren Titel rechtfertigen. Die charmant und klug ihren Dienst verrichten und auch Mitarbeiterinnen, die so einen großen Titel nicht besitzen, nett und zuvorkommend behandeln. Diese Chefsekretärin, die in meiner Geschichte vorkommt, kann das auch, nur leider viel zu selten. Meistens ist sie schlecht gelaunt und zeigt es deutlich. Auch ein ernstes, internes Gespräch zwischen ihr und dem Personalchef änderte bis heute nicht viel daran. Unsere Chefsekretärin heißt Barbara. Sie ist verheiratet und liebt Tiere. Kinder liebt sie weniger, und deshalb will sie auch niemals Kinder haben. Gut für die Kinder. Barbara muss schon alleine der Stellung wegen, die sie innehält, immer elegant gekleidet sein, was ihr auch zumeist gelingt. Meistens ja, aber leider nicht immer. Ihre Lieblingsfarbe ist grau. Wenn ich jetzt sagen würde, sie ist eine graue Maus, dann wäre das bestimmt falsch. Denn manches Mal trägt sie auch grün, oder blau. Ja, in rot habe ich sie auch schon ein einziges Mal gesehen. Wie gesagt, eine graue Maus ist sie auf keinen Fall.

Jedes Mal, wenn mich die Geschäftsleitung wieder einmal beauftragt hat, englische Korrespondenz in unsere Sprache zu übersetzten oder umgekehrt, deutsche Korrespondenz in die englische Sprache, was ja eigentlich Aufgabe der Chefsekretärin wäre, erzählt sie mir immer stolz, dass man sie trotz fehlender Englischkenntnisse, die in ihrer Position eigentlich ein Muss sind, eingestellt hatte.

Dass man hinter vorgehaltener Hand erzählt, dass sie nur durch die Hilfe eines einflussreichen Politikers zu dieser Position gekommen ist, darüber weiß sie wohl nicht Bescheid. Angeblich ist dieser Politiker entweder ein guter Bekannter oder sogar ein Verwandter von ihr. So genau weiß man das aber nicht. Wie gesagt, öffentlich will das niemand sagen.

‚Aber wozu braucht man denn eine gute Chefsekretärin? Man hat doch die Frau Müller-Maierfeld.'

Dieser Satz wurde zum oft gehörten Ausspruch vieler Kolleginnen und Kollegen. Immer wieder sprachen sie mich darauf an. Mich schmerzte er nur. Einmal hatte ich unseren Geschäftsführer Dreichsler darauf angesprochen.

„Wenn ich die Arbeit der Chefsekretärin erledige, warum bekomme ich dann nicht deren Gehalt?"

Ein peinliches Lächeln von ihm war die Antwort, und ich fragte nie mehr nach.

Auf meiner vorherigen Arbeitsstelle verdiente ich sehr viel mehr Geld. Dort war ich die Leiterin einer Abteilung mit 16 Angestellten und in dieser Firma wurde Leistung belohnt und entsprechend entlohnt. Leider schloss dieses Unternehmen, und so hatte ich keine andere Wahl und musste in dieser Firma, wo ich jetzt bin, neu anfangen. Statt von meinen Erfahrungen zu profitieren, werden hier entsprechende Stellen mit Personen besetzt, die entweder durch einflussreiche Menschen oder durch dubiose Beziehungen quasi hinein befördert wurden. Eigentlich sehr schade, und es spricht auch nicht wirklich für die Qualität der Firmenleitung. Was auch nicht für die Firmenleitung spricht, ist, dass die Geschäftsführer sich nie lange halten und nach einer gewissen Zeit ‚gegangen' werden. Sie werden also entlassen. Ich bin einmal gespannt, wie lange sich unsere jetzigen Geschäftsführer halten.

Die Leiterin der letzten Abteilung, nämlich der Buchhaltung, die ich hier vorstellen will, ist eine sehr gewissenhafte, kluge und höfliche Frau. Ihr Name ist Marion Kleinmann. Mit ihr würde ich gerne zusammen arbeiten, denn ich achte und schätze gewissenhafte und ehrliche Menschen. Eine sehr kluge und kompetente Frau, etwas jünger als ich. Ich habe großen Respekt vor ihr und ihrem Können. Was sie noch mehr ehrt, ist die Tatsache, dass sie zu allen Mitarbeitern und Mitarbeiterinnen gleich nett ist, egal welche Tätigkeiten sie in der Firma ausüben. Sie hat einen Freund, der viel älter ist als sie. Da sie auch nicht mehr unbedingt die Jüngste ist, kann man sich vorstellen, wie alt der Freund ist. Aber egal, ich mag sie.

Soviel ich weiß, war sie einmal verheiratet, nein, nicht mit ihrem jetzigen Freund. Ein anderer, mir unbekannter Mann teilte für einige Zeit ihr Leben. Kinder bekam sie nie, was eigentlich schade ist. Ich könnte sie mir gut als Mutter vorstellen. Wenn Frau Kleinmann zur Arbeit eilt, stehen ihr fast immer die Haare zu Berge. Ich glaube nicht, dass die Anfahrt zur Firma der Grund für ihre wirren Haare ist. Eher glaube ich, dass sie die Haare, nachdem sie sich früh morgens geduscht und angezogen hat, mit Gel stylt. Sie sieht mit dieser Frisur immer flott und jugendlich aus. Dementsprechend auch ihre manchmal flippige Kleidung, die ihre tolle Figur fabelhaft zur Geltung bringt.

In Frau Kleinmanns Abteilung arbeitet Carmen. Carmen ist eine junge Frau, so ungefähr Ende zwanzig, die erst seit kurzem in unserer Firma arbeitet. Sie ist sehr schüchtern und hat große Angst davor, etwas falsch zu machen. Manchmal kommt sie zu mir, um mir ihre Ängste mitzuteilen. Da wir im selben Ort wohnen, hat sie wohl Zutrauen zu mir gefasst. In ihrer letzten Firma wurde sie entlassen, warum weiß ich nicht. Nun arbeitet sie bei uns und ist noch in der Probezeit. Sie hat panische Angst davor, nach der Probezeit nicht übernommen, sondern wieder entlassen zu werden und benötigt regelmäßig meine Versicherung, dass dem bestimmt nicht so sein wird.

Woher nur nehme ich den Glauben und die Sicherheit, dass es auch so eintreffen wird? Schließlich bin nicht ich ihre Vorgesetzte, sondern Frau Kleinmann. Egal, ich sporne sie immer wieder an und versuche, dass sie etwas aus sich heraus geht und etwas schneller arbeitet, denn sie ist sehr langsam in allem was sie tut. Ich muss behutsam mit ihr umgehen, denn durch die Kündigung ihrer vorherigen Firma hat sie überhaupt kein Selbstvertrauen mehr. Auch das gilt es wieder aufzubauen. Nie sehe ich sie in Kleidern, sondern immer nur in Hosen. Ihre glatten Haare sind schön, aber halt glatt. Sie macht zu wenig aus sich, aber auch das kann ich ihr nicht sagen, würde es sie doch nur belasten und ihr Selbstvertrauen noch mehr schädigen.

Das genaue Gegenteil von Carmen ist Larissa, die an einem Schreibtisch neben Carmen arbeitet. Sie ist eine junge, unbekümmerte Frau, die sich regelmäßig, je nach ihrer Laune, die Haare verschieden farbig färbt. Es kann sein, dass sie heute mit einem feuerroten Schopf auftaucht und am nächsten Tag ganz schwarz. Man muss sich jeden Tag neu auf sie einstellen, was sehr schwierig aber auch unterhaltsam sein kann. Genau so frei, wie sie mit ihren Haaren umgeht, so trägt sie auch ihre Kleidung. Mal glaubt man, einen Hippie vor sich zu haben, aber schon am nächsten Tag ist man verblüfft darüber, welch eine Dame sie aus sich gemacht hat. Im Gegensatz zu Carmen, mit der sie sich das Büro teilt, ist Larissa sehr flink und macht ihre Arbeit schnell, aber nicht immer genau. Doch man muss es ihr verzeihen, denn durch ihr goldiges Wesen macht sie alles wieder wett. Man muss sie einfach gern haben, schließlich bringt sie etwas Abwechslung in den sonst so tristen Büroalltag.

Da ist Helen, eine einsame junge Frau auf der Suche nach einem Mann, der sie heiraten soll und Laura, die schon eben solch einen Mann gefunden, aber noch nicht geheiratet hat und wohl auch nicht mehr vor hat zu heiraten. Schließlich hatte sie schon einmal vor Jahren den Bund der Ehe geschlossen, aber es hielt nicht lange und nun scheut sie sich davor. Beide Frauen arbeiten in einem Nebengebäude und müssen mindestens zweimal täglich unser Gebäude aufsuchen, da sich dort die Poststelle für die gesamte Firma befindet. Während Helen einen sehr stressigen Job hat und immer in Eile ist, geht es Laura in dieser Hinsicht besser. Da sie nicht so ausgelastet ist wie Helen, kann sie es sich leisten, bei ihren täglichen Besuchen in unserem Gebäude in einzelnen Abteilungen zu verweilen, um ein wenig zu plaudern.

Helen ist eine groß gewachsene, schlanke, aber nicht zu dünne Frau mit glatten Haaren und ehrlichen Augen. Sie ist nicht unbedingt als hübsch anzusehen, aber sie ist auch nicht hässlich. Sie weiß sich elegant und chic anzuziehen und sieht deshalb immer nett aus. Nur lächelt sie sehr selten, was ihr das Aussehen einer strengen Gouvernante beschert. Doch wenn sie lächelt, verwandelt sie sich in eine Schönheit mit herbem Charme. Ich glaube, wenn sie wüsste, wie nett sie aussieht, wenn sie lächelt, würde sie viel öfter lächeln. Ich habe mir vorgenommen, sie einmal darauf hinzuweisen. Leider habe ich den richtigen Augenblick dafür noch nicht gefunden. Außerdem glaube ich bemerkt zu haben, dass sie sich in einen der männlichen Mitarbeiter unseres Unternehmens verliebt hat. Aber wie gesagt, sicher bin ich mir da noch nicht, würde mich aber sehr für sie und den Kollegen freuen.

Laura dagegen besitzt ein umwerfendes Lächeln, das sie geschickt für ihre Zwecke einzusetzen weiß. Auch sie ist groß gewachsen und schlank mit mittellangen, dunklen Haaren, die leicht gewellt sind. Ob nun nachgeholfen gewellt oder natürlich gewellt entzieht sich meiner Kenntnis. Egal, mir gefällt es. Leider ist sie in der Auswahl ihrer Kleidungsstücke nicht so treffsicher wie Helen, aber ihrem Freund gefällt es augenscheinlich, und das ist ja schließlich was zählt. Helen hat einen kleinen Sohn, den sie über alles liebt und der aus der zuvor erwähnten vorangegangenen Beziehung stammt. Ihr Freund, er heißt Günther, und Helens kleiner Sohn verstehen sich prima. Was wünscht man sich mehr? Ich jedenfalls freue mich für sie.

Klaudia ist eine sehr burschikose Frau, die im Durchschnitt ein- bis zweimal in der Woche in unserer Firma ist. Sie hat die Bauaufsicht über ein Großprojekt unserer Firma, und während sie bei uns ist, berichtet sie über Fortschritt und eventuelle Probleme, die auf der Baustelle aufgetreten sind. Hier verfasst sie auch ihre Berichte und hält Baubesprechungen durch. Für mich bedeutet es jedes Mal jede Menge Mehrarbeit, denn ihre Berichte landen immer bei mir, damit ich sie in den Computer eingebe und an die zuständigen Stellen weiterleite. Klaudia raucht wie ein Schlot und selbst wenn sie noch nicht da ist, riecht man sie von weitem. Noch nie habe ich

Klaudia in einem Kleid oder einen Rock tragend gesehen. Nun, ja, eigentlich kann ich mir diese Art der Bekleidung auch schlecht auf einem Bau vorstellen. Der Schutzhelm, den sie bei Baubesichtigungen immer tragen muss, hängt an ihrem Gürtel und schwenkt bei jedem ihrer Schritte hin und her. Mich würde das verrückt machen, aber sie stört es anscheinend nicht.

Sie ist verheiratet, aber hat keine Kinder.

„Ich will auch keine,"

hatte sie mir einmal erzählt.

Ich fragte sie, wie ihr Mann damit umgeht, dass sie so selten zuhause ist. Sie zuckte nur mit den Schultern und ich habe sie nie mehr nach ihrem Mann gefragt. Eigentlich hat sie ja auch recht, was geht mich ihr Privatleben an?

Seit ein paar Monaten sind auch zwei neue Mitarbeiterinnen in unserer Abteilung. Sie sollen Herrn Pünktchen bei seinen vielseitigen Aufgaben unterstützen. Eine der Damen, ihr Name ist Frau Häberlein, ist sehr klein, wieselflink, und wie ich finde, sehr rigoros und herrisch. Ich habe die Befürchtung, dass sie nicht ehrlich ist. Ich kann mein Gefühl nicht begründen, es ist einfach da. Aus einem mir unbekannten Grund mag ich sie nicht.

Die andere der Beiden ist groß und schlank und sehr zurückhaltend. Ihr Name ist Frau Gründerling. Sie kann ich sehr schlecht einschätzen. Bei ihr weiß ich nie, woran ich bin. Mal abwarten, wie sich die Zusammenarbeit entwickelt. Auch scheint es mir, als ob die beiden Damen sich nicht mögen. Das kann ja interessant werden. Aber vielleicht irre ich mich ja auch, mal sehen, wie sich die beiden Damen in unsere Abteilung einfügen.

Es gehört noch ein anderes Gebäude zu unserer Firma. Dieses steht ungefähr 100 Meter neben unserem Hauptgebäude. In ihm ist unter anderem auch unsere Versicherungsabteilung untergebracht. Diese besteht aus mehreren Mitarbeitern und Mitarbeiterinnen. Die Damen besuchen uns häufig und benutzen dabei, weil es sich ja so schön anbietet, ab und an auch unser frisch saniertes, stilles Örtchen. Einmal war ich dort, in dem Gebäude, in dem sich die Immobilienabteilung befindet und musste die dort vorhandene Damentoilette benutzen, aber ich bin sofort geflüchtet, denn was ich dort vorfand war extrem ekelig. Einmal und nie wieder schwor ich mir damals, und ich habe meinen Schwur bis heute gehalten. Auch diese Mitarbeiterinnen kommen mindestens zweimal täglich zu uns herüber, um die Post entweder abzuholen, abzuliefern oder um andere Dinge zu erledigen.

Eine der Damen, die dort arbeitet ist Brunilla, eine ehemalige Kollegin aus einer vorangegangenen Beschäftigung von mir, die mich aber nicht mehr mag, seitdem sie weiß, dass ich weiß, dass sie ihren Mann betrügt. Nun ja, es muss mich ja auch nicht jeder gerne haben. Sie hat strähnige Haare, deren Farbe sich alle halbe Jahre ändert, je nach Brunillas Laune. Schon einige Male war ich kurz davor, sie auf ihre fettigen Haare hinzuweisen und ihr zu sagen, wie hilfreich häufigeres Waschen wäre, aber eine innere Stimme hielt mich davon ab. Leider besitzt sie auch einen schlechten Geschmack, wenn es um ihre Kleidung geht, und deshalb sieht sie häufig, ich würde sagen fast immer, sehr ungepflegt aus.

Ihre Kollegin ist Frau Sander, die vor ein paar Wochen die Stelle der Chefsekretärin der Versicherungsabteilung eingenommen hat. Sie kommt aus einem kleinen Ort in der Nähe und sieht entzückend aus, finde ich jedenfalls. Nicht so groß wie ich, sehr zierlich und immer nach der neuesten Mode gekleidet. Sie kann es tragen, denn sie hat die Figur dafür. Mich stört es nur, wenn sie ein zu superkurzes Minikleid trägt. Vielleicht bin ich ja auch schon zu alt, aber ich finde, dass

Chefsekretärinnen etwas dezenter gekleidet auftreten sollten. Minikleider gehören meiner Ansicht nach in die Freizeit und nicht in ein Vorzimmer. Aber, wie gesagt, vielleicht bin ich ja wirklich schon zu alt um mithalten zu können. Nicht nur, dass sie entzückend aussieht, sie ist auch sehr nett und scheint sehr kompetent zu sein. Naja, mal abwarten.

Ja, ich bin auch noch da. Ich bin schon eine etwas ältere, ach was, ich bin die älteste Mitarbeiterin der Firma. Leider ist dies eine Tatsache, und viele lassen es mich spüren. Für meinen Geschmack ziehe ich mich immer elegant und zeitlos an (ich weiß ja nicht was die anderen Kolleginnen darüber denken), und versuche, aus meinen immer dünner werden Haaren täglich eine schicke Frisur zu zaubern. Es dauert jeden Morgen etwas länger bis ich mit dem Resultat zufrieden bin. Meine Größe steht nicht hinter der von Helen und Laura nach. Ich bin genau so groß wie die beiden nur gehe ich langsam etwas in die Breite, was mir sehr missfällt. Hinzu kommt, dass ich einfach zu träge bin, täglich etwas Sport zu treiben, um so dem Zunehmen meines Gewichtes effektiv entgegen zu treten. Außerdem koche ich sehr gut, ich meine mir schmeckt es, wenn ich koche. Ob Andere es gut finden, weiß ich nicht.

Seitdem ich mit dem Rauchen aufgehört habe, entwickelte sich mit der Zeit in mir ein fast unkontrollierbarer Heißhunger auf alle erdenkliche Arten von Süßigkeiten. Was mich sehr verwundert, denn schon als kleines Kind mochte ich nichts Süßes. Kein Wunder, dass ich aufgehe wie ein Hefeteig. Vielleicht liegt es aber auch einfach nur an der Tatsache, dass ich täglich Cortison einnehmen muss. Was natürlich keiner in der Firma weiß.

Zu guter Letzt möchte ich noch unsere gute Seele der Firma, unsere Putzfrau erwähnen. Eine einfache Frau aus einem Dorf ganz in der Nähe der Firma und sehr fleißig. Sie benutzt tatsächlich die Couch in der Toilette, um sich dort ein wenig auszuruhen und täglich ihr Pausenbrot zu essen. Jeder Vorschlag von mir, dies in der Küche meiner Abteilung zu tun, schlug bisher fehl.
„Ich esse lieber alleine,"
meinte sie bescheiden.
So gab ich es auf, sie zu bedrängen. Ekel befällt mich, wenn ich daran denke, ich müsste dort mein Pausenbrot zu mir nehmen. Auch mein Angebot, sie könne sich eine Tasse Kaffee von unserer Kaffeemaschine nehmen, schlug sie dankend aus und verwies auf ihren selbst gekochtem Kaffe, den sie immer in einer Thermoskanne da-

bei hat, und den sie sich, bevor sie ihr Zuhause verlässt, selbst zubereitet.

Ihr Name ist Frau Moser und alle in der Firma schätzen sie, da sie immer bescheiden und freundlich ihre Arbeit verrichtet. Sie ist nicht sehr groß und ein wenig korpulent. Im Sommer, wenn es heiß ist, laufen ihr die Schweißperlen über das Gesicht, und man merkt ihr an, wie schwer ihr die Arbeit fällt. Aber sie beklagt sich nie. Ich weiß, dass sie es nicht leicht hat mit ihrem schwerstbehinderten Mann, den sie zusätzlich zu all ihrer Arbeit bei uns und bei ihr zuhause, alleine pflegt.

Sie hat fünf Kinder von denen drei noch daheim wohnen. Nachbarn von Frau Moser haben mir einmal erzählt, dass sie ihr das Leben zur Hölle machen. Frau Moser putzt in unserem Gebäude, um ihren Kindern ein besseres Leben bieten zu können, aber die danken es ihr in keinster Weise. Im Gegenteil, immer wieder verlangen sie nach mehr. Seitdem ich das weiß, sammle ich zu ihrem Geburtstag und zu Weihnachten in der Firma, und es kommt immer eine nette Summe zusammen, die wir ihr dann schenken. Ich hoffe jedes Mal, dass sie dieses Geld für sich behält, um sich selbst etwas zu leisten. Sie verspricht es mir, aber ob sie es auch wirklich tut, weiß ich natürlich nicht.

Sie ist eine Perle.

Warum ich bis jetzt nur die Damen unseres Betriebes vorgestellt habe? Nun, die Männer dürfen unser stilles Örtchen natürlich nicht benutzen. Sie müssen draußen bleiben und haben ihren eigenen Raum, genau neben unserem.

Kapitel 2

Selbstverständlich möchte ich es trotzdem nicht versäumen, Ihnen auch einige unserer männlichen Kollegen vorzustellen. Obwohl sie natürlich niemals das stille Örtchen der Damen unserer Firma besuchen würden, spielen sie doch im täglichen Büroalltag eine wichtige Rolle.

Als erstes sind da die Geschäftsführer Dreichsler und Spengelmann, die eine Etage höher ihr Reich haben. Ich sehe sie nur selten. Ich meine, Herrn Spengelmann sehe ich nur selten. Dafür sehe ich Herrn Dreichsler fast jeden Tag. Nämlich immer dann, wenn er mir morgens seine besprochenen Diktierbänder auf dem Weg nach oben auf den Schreibtisch wirft.

„Das benötige ich sofort, ganz, ganz dringend Frau Müller-Maierfeld."

‚Wozu hat dieser Mann eigentlich seine Chefsekretärin?'

frage ich mich immer. Schließlich wird sie für diese Arbeit bezahlt und nicht ich. Aber ich muss meine Wut darüber in mich hineinfressen. Selbst wenn ich einmal aufmucke ändert das an der Tatsache, dass er mir mehr vertraut als seiner eigenen Sekretärin, auch nichts. Ich würde ja nichts sagen, würde ich das gleiche Gehalt bekommen wie sie. Was natürlich nicht der Fall ist. Ansonsten ist Herr Geschäftsführer Dreichsler ein ruhiger und besonnener Mann, der sich nur selten in unserer Abteilung blicken lässt.

Doch wie bei so vielen anderen Menschen in der heutigen Zeit, lassen auch die Manieren unserer Geschäftsführer manchmal sehr zu wünschen übrig. So musste ich mir von heute auf morgen ein neues Auto kaufen, da die Fahrerin eines anderen Wagens in das Heck meines Fahrzeuges gefahren war. Der Aufprall war so heftig, dass sich der Rahmen meines schweren Autos verschob und es nur noch Schrottwert besaß. Von meinen eigenen Verletzungen ganz zu schweigen. So blieb mir nichts anderes übrig, als mich nach einem neuen Transportgefährt umzusehen.

Als ich in dem großen Autosalon stand und mir die chromglänzenden neuen Autos ansah, fiel mir die Auswahl schwer. Besonders ein metallicfarbener Sportwagen hatte mein Interesse geweckt. Ich trat einen Schritt zurück, um ihn noch besser betrachten zu können und streifte dabei unabsichtlich ein anderes Auto. Winzig klein und giftgrün stand es da. Es schien mir fast, als ob es mir sagen wollte:

„Nimm doch bitte mich. Ich stehe hier schon so lange rum, und keiner will mich, weil ich so hässlich bin. Alle wollen nur die großen Schlitten."
Die Kinnlade des Autoverkäufers fiel sichtlich herunter, als er merkte, dass ich mich plötzlich nicht mehr für den teuren Sportwagen interessierte sondern nur noch Augen für den billigen Kleinwagen hatte. Seine Freundlichkeit ließ merklich nach. Ich konnte nicht anders, ich kaufte den Kleinen und taufte ihn:
‚Meinen kleinen, grünen Giftzwerg.'

Als ich das erste Mal damit auf den Parkplatz unserer Firma fuhr, waren die meisten Kollegen begeistert. Später, als ich an meinem Schreibtisch saß, betrat einer unserer Ingenieure den Raum.
„Frau Müller-Maierfeld, Ihr neues Auto ist wirklich entzückend. Sogar unserem geschätzten Geschäftsführer Dreichsler gefällt es."
Wie immer, hatte eben dieser Geschäftsführer am frühen Morgen das Band mit seinen gesprochenen Diktaten auf meinen Schreibtisch geworfen (gerade so, als ob er einem Hund einen Knochen zuwirft). Als ich seine Diktate fertig getippt hatte, brachte ich sie nach oben in sein Büro.

„Herr Dreichsler, ich habe gehört, mein neues Auto gefällt Ihnen."

Er sah mich erstaunt an.

„Sie haben ein neues Auto? Das wusste ich überhaupt nicht, Frau Müller-Maierfeld. Welches ist es denn?"

Wir gingen zum Fenster, und ich zeigte ihm den kleinen, giftgrünen Flitzer.

„Das ist Ihr Auto?"

rief er erstaunt aus.

„Aber Frau Müller-Maierfeld, das ist doch kein Auto für eine reife Frau, wie Sie es sind, das ist ein Auto für ein junges Mädchen."

So viel über den Anstand und das Taktgefühl unserer Geschäftsführer.

Dass ich mit einer Halskrause herumlief, hervorgerufen durch den Unfall am Tag zuvor, das interessierte ihn nicht.

Im Gegenteil zu Herrn Dreichsler ist Herr Geschäftsführer Spengelmann ein Choleriker, mit dem ich es nicht so gerne zu tun habe. Nachdem ich einmal einen Brief für ihn übersetzen musste und dabei erkennen musste, wie leicht ihm Lügen über die Lippen kommen, sind mein Vertrauen und meine Wertschätzung für ihn verloren gegangen. Ich versuche, wann immer möglich, ihm aus dem Weg zu gehen.

Dieser Geschäftsführer Spengelmann hatte bei seinem Eintritt in die Firma eingeführt, dass sich alle Mitarbeiter duzen.

„Nach Vorbild der Engländer und Amerikaner,"
sagte er.

„Wir müssen mit der Zeit gehen, und ich bin gerne ‚in'",
meinte er weiter.

Ich kann über so einen Unsinn nur den Kopf schütteln und weigere mich, diese plumpe Form des Miteinanders mitzumachen. Da bin ich lieber ‚out.' Denn weder Engländer noch Amerikaner duzen jeden, der ihnen über den Weg läuft. Im Gegenteil. Sie sind sehr höflich zueinander und benutzen noch die alte, die sogenannte dritte Form der Anrede, nämlich „ihr."

Statt zu sagen: „Kannst du das bitte für mich tippen?"
sagen sie: „Könntet ihr das bitte für mich tippen?"
Das beste Beispiel ist doch die Queen in England. Stellen Sie sich einmal vor, die Untertanen würde alle rufen: Du Hoheit. Nein, sie sagen: Your Majesty (Ihre Hoheit).

Ich weigere mich standhaft, jeden Kollegen zu duzen und benutze lieber das Sie, denn es betont den Respekt für die jeweils andere Person. In meinen Augen jedenfalls. Doch da gibt es eine große Ausnahme. Meine ehemals beste, kleine

Freundin Martha, die ich natürlich immer duzte. Doch seit sie mich so hinterging, sieze ich sie wieder, um ihr zu zeigen, dass ich Abstand von ihr halte und nichts mehr mit ihr zu tun haben will. Es ist besser so.

Doch zurück zu meinen männlichen Kollegen. Als nächstes ist da Herr Pünktchen, der in meiner Abteilung arbeitet und den ich sehr schätze. Egal wie früh ich morgens zur Arbeit komme, Herr Pünktchen ist schon da und begrüßt mich mit freundlichen Worten. Der Kaffee ist schon von ihm gekocht, und wir verbringen die ersten Minuten gemeinsam bei einer guten Tasse Kaffee in unserer Küche, die auch gleichzeitig unser Aufenthaltsraum ist.
Nicht, dass Sie jetzt glauben, wir vertrödeln damit unsere bezahlte Arbeitszeit, nein. Wir kommen einfach immer zu früh, um diese gemeinsamen Minuten auskosten zu können. Herr Pünktchen ist nicht nur regelmäßig der Erste, der morgens zur Arbeit erscheint, er ist auch zumeist der Letzte, der die Abteilung abends verlässt. Daher gibt es am nächsten Morgen in der Küche immer viel zu erzählen.

Mittendrin erscheint dann wie immer David, der jüngste Mitarbeiter unserer Abteilung. Die Haare zerzaust, gerade so, als ob er eben erst aus dem

Bett aufgestanden ist und mit einem Gesicht, als ob er den vorherigen Abend durch gefeiert hätte. Dabei hat er schon eine Stunde Autofahrt hinter sich, um auf die Arbeit zu kommen. Wie jeden Morgen ist er an einer Bäckerei vorbeigekommen und hat dort frische Brötchen und süße Teilchen für uns eingekauft. Die schmecken besonders gut zu dem frisch gekochten Kaffe des Herrn Pünktchen.

Auch Kurt, Kurt Stockmann, ein Mitarbeiter aus einer anderen Abteilung unserer Firma, die sich in dem selben Nebengebäude befindet, in dem auch Helen und Laura arbeiten, findet sich regelmäßig zu unserem ersten Kaffee in der Küche ein. Er ist ein ruhiger, sehr gut aussehender Mann, der nur aus sich heraus geht, wenn die Sprache auf den Computer kommt. Dann leuchten seine Augen auf und man merkt sofort, dass er sich sehr dafür interessiert. Aber nicht nur das, er kennt sich auch mit den Dingen, die den Computer betreffen, sehr gut aus und gibt manch guten Ratschlag und Hilfe, wenn das Ding mal streikt. Computerwesen ist sozusagen seine Passion, neben seinem sowieso schon anstrengenden Job.

Kommt dann noch Günther, ein Kollege aus einer anderen Abteilung unserer Firma hinzu, kann ich den Raum verlassen, denn dann geht es nur noch um Computer. Herr Pünktchen, Kurt und Günther sind die Computerexperten unserer Firma, und wenn die einmal angefangen haben von Computern zu sprechen, vergessen sie alles andere um sich herum. Günther ist Mitte dreißig, groß, schlank und auch er sieht gut aus. Mir würde er als Freund zwar nicht gefallen aber das ist auch nicht wichtig, denn er hat ja eine Freundin, nämlich Laura. Die beiden sind ein nett aussehendes Paar und passen, wie ich meine, gut zusammen.

Und dann ist da noch Herr Obermeier, der Chef von Helen und Laura, der sein Büro in dem Gebäude hat, in dem auch Laura, Helen und Herr Stockmann arbeiten. Herr Obermeier ist des Öfteren in unserem Gebäude, aber er besucht unsere Abteilung sehr selten. Höchstens manchmal, um meinem Chef guten Tag zu sagen. Er ist ein eher unscheinbarer Mann mit einer beginnenden Glatze, obwohl er höchstens Ende dreißig ist. Obwohl, es gibt auch jüngere Männer mit Glatze. Ein sehr schmächtiger Mann mit einem eher kleinen Gesicht, aber immer freundlich und höflich.
Ich glaube, er wirft seinen Damen seine Diktate nicht auf den Schreibtisch.

Da es sich herum gesprochen hat, dass wir in unserer Abteilung jeden Morgen etwas früher zur Arbeit erscheinen, um uns in Ruhe in unserer Küche auf den Tag vorzubereiten, haben wir dort regelmäßig Gäste aus unseren verschiedenen Abteilungen und erfahren so immer alle Neuigkeiten rund um die Firma.

Wenn wir aber dann in trauter Runde plötzlich die sonore Stimme unseres Abteilungsleiters vernehmen, verlassen wir sofort, jeder in Richtung seines Büros, unsere gemütliche Küche. Unser Abteilungsleiter, ein großer, kräftiger Mann mit weißen Haaren hasst nichts mehr, als wenn seine Untergebenen nicht an ihren Schreibtischen sitzen. Es könnte ja sein, dass eine wichtige Persönlichkeit anruft und keiner merkt es. Nicht auszudenken für Herrn Legemüller. So heißt übrigens unser Abteilungsleiter.

Dass wir viel früher, als wir eigentlich müssten, zur Arbeit erscheinen, ist in seinen Augen eine Selbstverständlichkeit und spielt für ihn nur eine untergeordnete Rolle. Wenn wir schon einmal da sind müssen wir auch das Telefon bedienen. Es könnte ja sein, dass ein wichtiger Anruf kommt, was zwar bisher noch nie so früh am Morgen geschehen ist, aber es könnte ja sein. Und Herr Legemüller möchte halt, dass nicht nur er, sondern wir alle, für dieses besondere Ereignis gewappnet und vorbereitet sind.

Wie nur soll ich nur den anderen Mann beschreiben, der unsere Abteilung seit einiger Zeit mit seiner Anwesenheit beglückt? Er, das Ist Herr Konrath-Klein, ist uns von unserer Muttergesellschaft zugeteilt worden. Nach seiner Aussage zufolge ist er hier, damit er meinen Chef, den Herrn Legemüller, liebevoll heimlich von uns allen Legi genannt, bei dessen Arbeit unterstützt.

Aber so wie ich es mitbekommen habe, ist mein Herr Legi überhaupt nicht erfreut über diese Tatsache. Im Gegenteil, er würde den Neuen am liebsten auf den Mond schießen. Außerdem hat Herr Konrath-Klein einen Titel, den mein Chef nicht hat. Dafür aber hat mein Chef die Erfahrung, die dem Neuen fehlt. Vielleicht wurde er deshalb zu uns geschickt, um von Herrn Legemüller zu lernen? Aber selbstverständlich gibt er das nicht zu. Das Gerücht, dass er der Nachfolger unseres verehrten Herrn Legemüller werden soll, wenn dieser mal in Rente geht, macht jedoch die Runde in unserer Firma.

Wenn ich mir vorstelle, dass Herr Konrath-Klein tatsächlich in ein paar Jahren mein Chef sein soll, wird mir übel. Ich kann ihn überhaupt nicht einschätzen, da er übertrieben nett ist. Zu nett, wie ich finde. Zwar ist er immer freundlich und zuvorkommend, aber all sein Gehabe kommt mir so aufgesetzt vor. So, als ob er sagen wollte: „Wartet nur ab, bis ich Chef dieser Abteilung bin. Dann werdet ihr mein wahres Gesicht erkennen." Außerdem ist durch ihn meine Arbeit nicht einfacher geworden. Im Gegenteil. Jedes Mal, wenn Herr Konrath-Klein mir etwas auf den Schreibtisch legt, damit ich es für ihn erledige, steht Herr Legemüller auf der anderen Seite meines Schreibtisches und legt mir auch Arbeit hin. Da er der Chef ist, soll seine Arbeit natürlich zuerst in Angriff genommen werden. Mir bleibt nichts als abzuwarten, wie sich die Dinge weiter entwickeln. Da Herr Legemüller schon ein Alter erreicht hat, in dem man in Rente gehen könnte, wird wohl bald eine Entscheidung getroffen werden. Herr Konrath-Klein wurde bestimmt nicht ohne Hintergedanken zu uns versetzt.

So bin ich nun gefangen zwischen Herrn Legemüller, Herrn Geschäftsführer Dreichsler und Herrn Konrath-Klein. Jeder sieht seine Arbeit, die ich für ihn erledigen soll, als die wichtigste und eiligste an, und jeder erwartet von mir, seine zuerst zu erledigen. Manchmal würde ich am liebsten auf und davon laufen oder einfach nur laut schreien. Aber wenn ich das mache, verdiene ich nichts, und das kann ich mir wiederum nicht leisten.

Denn auch Herr Legemüller, mein sonst so sanfter und zuvorkommender Chef, hat sich durch den Neuzugang in unserer Abteilung verändert. Zynisch und gehässig sind manchmal seine Bemerkungen über den ‚Neuen.' Er lässt kein gutes Haar an ihm, und wenn die Rede auf seine bevorstehende ‚Rente' kommt, rastet er total aus. Was ich nicht verstehen kann. Schließlich hat er sein ganzes Leben gearbeitet und könnte doch nun in Ruhe und Frieden seinen wohlverdienten Ruhestand genießen. Aber das Gegenteil ist der Fall. Je häufiger man ihn darauf anspricht, umso mehr hält er an seiner Arbeit fest. Ich an seiner Stelle würde keine Sekunde zögern, meine Rente zu beantragen.

Das Leben ist manchmal nicht einfach.

Das sagt bestimmt auch des Öfteren unser Hausmeister. Er ist die Seele des Gebäudes und immer bereit, wenn man ihn ruft. Nie ist er ärgerlich oder verstimmt, sondern stets bemüht, auch die ausgefallensten Wünsche zu erfüllen. Ich weiß, dass er große Probleme mit seinem Rücken hat und es ihm manchmal sehr schwer fällt, zur Arbeit zu kommen, aber nie beklagt er sich. Im Gegenteil, er kümmert sich rührend um alle Belange, die man ihm aufträgt. Und immer mit einem Lächeln. Nie habe ich ihn ärgerlich gesehen in den vielen Jahren, die ich ihn nun kenne.

Leider wird er von einigen Damen in unserem Haus sehr von oben herab behandelt und ich würde am liebsten manchmal laut aufschreien vor Wut. Aber da Herr Neuer, so heißt unser Hausmeister, Wolfgang Neuer, nicht für sich spricht, kann ich es auch nicht für ihn tun. Schließlich ist er ein erwachsener Mann. Aber wütend macht es mich trotzdem.

Was bilden sich manche Menschen nur ein. Sind wir nicht alle gleich? Nur weil einige von uns die Chance hatten, eine höhere Schule zu besuchen und deshalb in der Lage waren, eine bessere und höher gestellte Arbeit zu erlangen, bedeutet es noch lange nicht, dass ein einfacher Handwerker minderwertig ist und minderwertig zu behandeln ist.

Was würden wir nur ohne unsere fleißigen Handwerker machen?

Und ganz zum Schluss möchte ich gerne Herrn Hauptmann vorstellen, der Geschäftsführer der Versicherungsgesellschaft, in der Brummi arbeitet. Er ist ein lustiger und eher gemütlicher Mann, den ich mag. Nun ja, ich muss ja auch nicht für ihn arbeiten. Vielleicht würde ich dann anders über ihn denken. Aber ich habe bis heute auch noch keine negativen Worte über ihn gehört. Dass Herr Legemüller ihn nicht mag, hat in meinen Augen nichts zu bedeuten. Er mag einige Menschen nicht, die ich schätze.

Herr Hauptmann kommt fast jeden Tag zu Besprechungen zu uns und er hat immer ein Lächeln auf den Lippen, was mich freut. So ein kleines Lächeln kann den Alltag wirklich verschönern.

Kapitel 3

An jenem Morgen nun, da mir diese Geschichte passierte, fuhr ich wie immer zur Arbeit und ahnte da aber noch nicht, wie sehr dieser Tag meine Einstellung zu einigen meiner Kolleginnen und Kollegen verändern würde.

Ich bin die Vorzimmerdame (ich sage immer scherzhaft, aber bestimmt nicht respektlos:
„Ich bin die Tippse vom Herrn Legi,"),
also die Sekretärin des Herrn Legemüller. Für den Namen Legemüller kann er ja nichts, und dass seine Eltern ihm dazu noch den Vornamen Alfons-Theodor gegeben haben, dafür kann er erst recht nichts.
Herr Legemüller ist geschieden und alleinerziehender Vater einer pubertierenden Tochter. Er lebt mit seiner Lebensgefährtin und seiner Tochter in einem schönen, großen, angemieteten Haus in dem gleichen Ort, in dem auch ich wohne. Dass er es nicht leicht hat mit seiner Tochter, bekomme ich fast täglich mit, da seine Telefonate nicht zu überhören sind. Er kann mir schon

fast leidtun, mein Herr Legemüller. Er ist wirklich gestraft mit seiner rebellischen Tochter.

Heute aber ist Herr Legemüller außer Haus, und ich hatte eigentlich vor, die Ablage auf den neuesten Stand zu bringen. Da ich sie in letzter Zeit durch andere wichtige Tätigkeiten etwas vernachlässigt habe, steht mir also viel Arbeit bevor. Kaum jedoch in meinem Büro angekommen stelle ich fest, dass Herr Legemüller, aus lauter Angst, ich könnte mich während seiner Abwesenheit langweilen, Berge von handgeschriebenen Blättern auf meinem Schreibtisch deponiert hatte. Auf jedem Stoß eine Bemerkung, wie zum Beispiel, bitte doppelzeilig tippen, damit ich Veränderungen vornehmen kann' oder ‚bitte in zweifacher Ausführung' und so weiter und so weiter. Ganze Romane hat er mir dieses Mal zum Abtippen hingelegt. Wahrscheinlich hat er sie irgendwann einmal über ein geplantes Projekt verfasst, das nie zur Ausführung kam. Aber mein Herr Legemüller geht halt immer auf Nummer sicher, denn es könnte ja sein, dass eben jenes Projekt eventuell doch einmal zur Sprache kommt, und dann ist er schon bestens vorbereitet.

Das mit der Ablage konnte ich vergessen.

Aber so ist er, der Herr Legemüller. Immer in Sorge um seine Mitarbeiter und immer in der Befürchtung, sie hätten nicht genug zu tun. Selbst in der Mittagspause, wenn ich in unserer kleinen Küche, die ich auf meiner Etage eingerichtet habe, etwas essen will, lässt er mir keine Ruhe. Klingelt sein Telefon hallt sein Schrei: „Frau Müller-Maierfeld, Telefon," über die ganze Etage und er erwartet von mir, dass ich mein Essen und alles andere stehen und liegen lasse und in mein Büro hetze, um den Anruf, der für ihn bestimmt ist, entgegen zu nehmen. Nach Auffassung von Herrn Legemüller sind Pausen seiner Untergebenen sinnlos und für ihn selbst nicht nachvollziehbar. Doch er verlässt regelmäßig mittags die Firma, um in der Nähe etwas essen zu gehen.

Selbst wenn ich eine Etage höher muss, um entweder die Post zu holen oder weg zu bringen, oder etwa unser stilles Örtchen benutzen will, benötige ich seine Erlaubnis, meinen Arbeitsplatz zu verlassen. Aber da Herr Legemüller ansonsten ein so lieber und netter Chef ist, verzeihe ich ihm diese Schrullen. Und da er zudem ein sehr großer und starker Mann ist, will ich auf keinen Fall seinen Zorn auf mich ziehen. Er kann einem schon Angst einflößen, wenn er seine Stimme anhebt und lospoltert. Schon einige Male habe ich erlebt, dass er am Telefon ausgerastet ist und sein Temperament mit ihm durchgegangen ist. Nein, ich möchte nicht, dass ich der Grund eines Tobsuchtanfalls meines Herrn Legemüllers bin. Aber ansonsten ist er ein sehr sympathischer Chef, für den ich gerne arbeite und stolz darauf bin, einen so klugen Mann wie ihn als Chef zu haben.

Wie jeden Morgen ist Herr Pünktchen auch heute als Erster im Büro und wie immer, hat er auch heute schon Kaffee gekocht, einen sehr starken Kaffee und nachdem ich einen großen Schluck davon getrunken habe, fange ich an, die handgeschriebenen Aufzeichnungen meines Herrn Legemüllers zu sortieren, um sie anschließend, eine nach der anderen, in den Computer einzugeben. Das einzig Gute an der Abwesenheit von Herrn Legemüller ist, dass das Telefon nicht so oft klingelt und ich daher zügiger arbeiten kann. Wenn ich auf den Stapel Papiere schaue, den Herr Legemüller auf meinem Schreibtisch deponiert hat, rechne ich damit, dass ich sogar Überstunden machen muss, um alles fertig zu bekommen.
‚Nein, langweilig wird mir heute bestimmt nicht, ‘ denke ich und bearbeite weiter die Buchstaben auf der Tastatur meines Computers.

Wie recht ich mit dieser Annahme hatte, das wusste ich da noch nicht.

Nachdem ich eine Zeitlang meine Finger über die Tastatur des Computers gehetzt hatte und der erste Auftrag von Herrn Legemüller fertig getippt in seiner Unterschriftenmappe liegt, benötigen meine Finger eine kurze Pause. Nein, nicht etwa dass sie jetzt denken, ich nutze diese Pause nur, um meine Finger etwas auszuruhen. Ich wollte meinen ersten Postgang erledigen und außerdem macht sich der Kaffe bemerkbar.
Seufzend stehe ich auf und recke mich. Meine alten Knochen machen sich bemerkbar.

„Herr Pünktchen,"
rufe ich zum Nachbarbüro,
„Herr Pünktchen."
„Was ist Frau Müller-Maierfeld?"
kommt es zurück.
„Ich gehe nur mal kurz nach oben um zu sehen, ob die Post schon da ist. Würden Sie bitte mein Telefon beantworten, bis ich wieder zurück bin?"
„Ist gut, Frau Müller-Maierfeld,"
kommt es zurück.
Beruhigt verlasse ich mein Büro. Auf Herrn Pünktchen kann ich mich jederzeit verlassen. Es wäre der größte Fehler, einfach zu gehen und somit mein Telefon unbeaufsichtigt zu lassen.

Herr Legemüller würde mir das nie verzeihen. Denn so wie ich ihn kenne, wird er auf jeden Fall heute noch anrufen und mit meinem Glück, wäre das genau jetzt, wo ich die Post abholen will und auf dem Weg dahin, das stille Örtchen aufsuchen muss.

Auf der Toilette ist es still. Ich bin die einzige Person, die sich um diese Uhrzeit dort befindet. Kurz bevor ich die Spülung betätigen will, höre ich, wie sich die Tür zum Flur öffnet. Jemand betritt den Raum und summt leise vor sich hin. Ich glaube die Stimme von Larissa zu erkennen, die Kollegin mit den stets wechselnden Haarfarben. Da ich sie heute noch nicht gesehen habe, weiß ich auch nicht, welche Farbe ihre Haare momentan haben. Das Summen wird zu einem leisen Singen einer Melodie, die eine nie endend wollende Liebe beschreibt.
Ich lausche ihr fasziniert. Dass sie so eine schöne Stimme hat, wusste ich gar nicht. Abrupt wird der Gesang durch das Aufreißen der Türe zum Flur beendet.
„Hallo Larissa,"
tönt es laut.
„Schöne Haare, die Farbe gefällt mir."
Danach wird die Tür zur Toilette nebenan genau so laut aufgerissen, wie zuvor die Tür zum Flur.

Ohne Scheu verrichtet diese Person, deren Stimme ich nicht zuordnen kann, die mir aber bekannt vorkommt, ihre Notdurft neben mir.

„Warst du gestern Abend auch im Anker tanzen? Hallo? Larissa?"

Larissa scheint das stille Örtchen verlassen zu haben. Wer nur ist die Person neben mir, die ich zwar hören, aber nicht sehen kann? Sie betätigt die Wasserspülung, wäscht sich die Hände und verlässt den Raum. Keine Ahnung, wer es war.

Ich stehe auf und will gerade die Wasserspülung in Gang setzen, als erneut die Tür zum Flur geöffnet wird und wieder jemand das stille Örtchen betritt. Kurz danach betritt noch eine weitere Person den Raum.

Ich höre die fröhliche Stimme von Trixie, die freudig ihre große Freundin begrüßt.

„Guten Morgen, Julia."

Eine kurze Unterbrechung, in der ich mir vorstelle, wie sich die beiden besten Freundinnen erst einmal ausgiebig umarmen und auf ihre Wangen küssen, so wie sie das immer tun, wenn sie sich begegnen.

„Wie geht es dir heute Morgen? Hast du ausgeschlafen?"

Man kann an Trixies Stimme erkennen, dass sie ihre große Freundin bei diesen Fragen freundlich anlächelt.

„Es geht,"
antwortet ihre Freundin müde.

„Gestern Abend ist es doch später geworden, als wir es eigentlich vorhatten. Und dann hat mein jüngster Sohn Zahnweh bekommen, und ich habe die halbe Nacht nicht geschlafen."

„Och, du Arme."

Ich stelle mir gerade vor, dass Trixie ihre Freundin in den Arm nimmt, um sie zu trösten.

„Dann mach doch jetzt eine kleine Pause, dann geht es dir nachher wieder besser."

Typisch Trixie. Erst einmal an das eigene Wohl denken und dann an die Firma.

„Ja, ich glaube das mache ich auch. Ich werde mein Telefon auf die Zentrale umstellen, die Tür zu meinem Büro abschließen und ein wenig ausruhen. Bis später Trixie."

„Bis später meine Liebe. Ich komme nachher mal nach dir schauen. Ich muss dir etwas Wichtiges erzählen."

„Ist gut Trixie, aber bitte später. Mir steht der Kopf jetzt nicht danach."

Ich höre die Tür zum Flur zuschlagen. Julia scheint den Raum verlassen zu haben.

Ängstlich bin ich darauf bedacht, keinen Laut von mir zu geben. Es wäre mir einfach zu peinlich gewesen, den beiden Frauen in dieser Situation entgegen zu treten. Trixie verrichtet guter Dinge was zu verrichten war, betätigt die Spülung, und ich hoffe inständig, dass sie den Raum so schnell, wie möglich verlässt, damit ich aus meinem Gefängnis heraus kann. Langsam verspüre ich ein leichtes Durstgefühl. Schon sonderbar, in einem solchen Raum, aber Durst lässt sich nun einmal nicht lenken, sondern er kommt, wenn der Körper danach verlangt, oder er wird, fällt mir gerade ein, vielleicht auch durch ständiges Wasserrauschen angeregt.

Doch schon als Trixie die Türe zum Flur öffnet, höre ich sie rufen:
„Guten Morgen, wie geht es dir?"
Wen sie so freudig begrüßt und wer sich nun in dem Toilettenraum aufhält, weiß ich nicht. Doch kurze Zeit später, ich sitze noch immer auf meinem Toilettensitz, wird die Tür erneut geöffnet und eine weitere Person betritt den Raum.

„Gut dass du kommst, Martha."
Die aufgeregte Stimme der Chefsekretärin überschlägt sich fast. Nun weiß ich wenigstens, wer sich noch in dem Raum befindet.
„Ich bin fix und fertig."
„Was ist denn los?"
antwortet Martha (meine ehemals kleine beste Freundin).

„Wieso bist du denn so aus dem Häuschen und warum hast du mich gerade auf die Toilette zitiert?"

„Weil wir hier alleine sind und uns hier niemand hört, Martha, deshalb."

Ich wage kaum noch zu atmen, aus Angst, sie würden es hören. Mich jetzt bemerkbar zu machen, dafür war es zu spät.

,Warum nur habe ich mit der Wasserspülung gewartet? Warum? Was nur hat mich davon abgehalten'?

Ich weiß keine Antwort auf die Fragen, die mir gerade durch den Kopf gehen.

,Was soll ich jetzt nur machen'?

Kaum habe ich diese Gedanken zu Ende gebracht, als es aus der Chefsekretärin nur so heraus sprudelt:

„Es ist etwas geschehen, Martha. Aber du darfst es keiner Menschenseele erzählen. Versprichst du mir das?"

„Natürlich, ich verspreche es dir. Du weißt doch, dass ich nicht tratsche und herum erzähle, so, wie andere Kolleginnen."

„Ja, Martha. Das weiß ich und deshalb erzähle ich es auch nur dir."

„Ja, dann mach doch, erzähle. Was ist denn so Schlimmes passiert, dass du so aufgeregt bist?"

„Kurt-Heinrich hatte eben einen schweren Unfall mit seinem Auto."

(Kurt-Heinrich ist einer unserer Geschäftsführer, Kurt-Heinrich Spengelmann.)

„Oh, mein Gott. Ist ihm etwas passiert?"

„Nein, Martha. Ihm geht es gut."

„Na Gott sei Dank. Warum bist du dann so aufgeregt?"

„Ach, Martha, du kennst ja nicht die ganze Geschichte. Weißt du, er war mit mir am telefonieren, als es passierte. Er ist gefahren und hatte sein Handy in der einen Hand an seinem Ohr. Dabei hat er nicht aufgepasst und ist mit einem anderen Auto kollidiert. Ich habe alles über Handy mit angehört."

„Das ist ja schrecklich,"

entfährt es Martha.

„Aber du hast doch gesagt, dass es ihm gut geht."

„Ja ihm, Martha. Aber nicht dem Fahrer des anderen Autos. Weißt du, das Auto, dass er gerammt hat. Dieses Auto hat sich einige Male überschlagen und der Fahrer scheint wirklich schwer verletzt zu sein. Sagt jedenfalls Kurt-Heinrich."

„Außerdem,"

nun flüstert seine Sekretärin und ich kann kaum verstehe, was sie sagt,

„hatte Kurt-Heinrich seine Freundin mit im Auto. Sie ist auch schwer verletzt."

„Seine Freundin?"

Zum ersten Mal seit ich Martha kenne hebt sie ihre Stimme etwas an.

„Ja, seine Freundin. Das darf doch keiner wissen, und erst recht nicht seine Frau. Aber jetzt wird wohl alles rauskommen."

„Ich wusste gar nicht, dass er eine Freundin hat." Martha ist hörbar geschockt.

„Doch, schon seit Monaten erzählt er seiner Frau, dass er über Nacht zu wichtigen Besprechungen nach Frankfurt oder Mainz fährt, dabei übernachtet er bei Gisela, so heißt seine Freundin."

„Und woher kommt sie?"

Immer noch scheint Martha sehr betroffen zu sein.

„Sie wohnt an der Mosel, und er hat sie bei unserer letzten Veranstaltung dort getroffen. Kannst du dich an die Marketingleiterin des Fremdenverkehrsvereins erinnern? Die große, schlanke Frau, die mit den langen, braunen Haaren und dem Minirock, über den wir beide den Kopf geschüttelt haben?"

Martha scheint zu überlegen und dann platzt es aus ihr heraus:

„Die? Die so nuttig aussah? Das ist seine Freundin? Aber ich dachte, die ist verheiratet?"

„Ja, ist sie ja auch. Sie hat ihrem Mann genau dieselben Märchen mit den notwendigen Tagungen und resultierenden Übernachtungen außer Haus erzählt. Genau wie Kurt-Heinrichs Frau hat er ihr anscheinend auch alles geglaubt. Nur ich habe es gewusst."

Fast triumphierend hatte Barbara die letzten Worte gesagt.

Eine kleine Weile bleibt es ganz still. Niemand sagt etwas, und ich wage weiterhin kaum zu atmen. Jetzt habe ich noch mehr Angst davor, entdeckt zu werden. Meine Atmung ist mittlerweile so flach, dass es mir langsam schwindlig wird.

„Ich muss zurück ins Büro. Kurt-Heinrich ruft gleich wieder an. Bis später, Martha."

„Bis später. Ich komme dann bei dir vorbei und frage nach, was weiter passiert."

Ich höre, wie eine der beiden Frauen den stillen Ort verlässt und die andere sich ihre Hände in dem Waschbecken vor den Toilettenkabinen wäscht.

Kapitel 4

Noch immer sitze ich fest und langsam schmerzt der Brillenrand. Er gräbt sich in meine Oberschenkel, und die ganze Zeit muss ich meine Hose festhalten, da sie langsam meine Beine hinunter rutscht und ich nicht will, dass sie auf den Boden fällt. Wer weiß denn schon, was für Keime oder sonstige unschöne Dinge sich dort befinden. Dinge, an die ich besser nicht denken will. Wieder höre ich die Türe zum Flur auf und zugehen.

Gott sei Dank, nun kann ich endlich gehen denke ich, aber weit gefehlt. Es ist nur jemand Neues dazu gekommen.

„Guten Morgen Barbara. Heute wird es richtig schön draußen. Am liebsten würde ich ins Schwimmbad fahren und eine Runde schwimmen. Was hältst du davon?"

Es ist die nette Abteilungsleiterin der Buchhaltung, Frau Kleinmann, die ich so sehr schätze.

„Es ging mir schon besser,"

ist, wie üblich, die brummige Antwort der Chefsekretärin.

„Ach komm schon, mach nicht so ein Gesicht. Denk dir doch einfach, es könnte noch schlimmer sein."

„Ist es ja schon."

Mit dieser patzigen Antwort verlässt Barbara, die Chefsekretärin, den Raum.

Wie Frau Kleinmann darauf reagiert kann ich in meinem ‚Versteck' nicht erkennen. Sie öffnet die Tür zur Toilette nebenan, und ich muss wohl oder übel alles mit anhören. Warum gehe ich nicht schnell? Während die Spülung nebenan läuft, stehe ich auf und ziehe mir meine Hose hoch. Als ich gerade dabei bin, den Reißverschluss meiner Hose zu schließen, hört die Spülung nebenan auf zu laufen, und es ist mucksmäuschenstill im Raum. Sind jetzt alle gegangen? Bin ich wirklich allein?

Ein wunderbares Gefühl der Erleichterung macht sich in mir breit. Endlich kann ich zurück ins Büro und einen Schluck Wasser oder einen Schluck Kaffee trinken. Doch just in dem Moment, in dem ich mich herumdrehe, um die Wasserspülung zu betätigen und den Riegel an der Tür zu öffnen, werde ich jäh unterbrochen.

Zwei Frauen betreten den angeblich stillen Ort und sofort wird es laut. Denn eine der Frauen ist Brummi. Natürlich heißt Brummi nicht wirklich so, ihre Eltern gaben ihr den ungewöhnlichen Namen Brunilla, aber vor vielen Jahren tauften Kollegen sie um. Der Spitzname blieb an ihr hängen, als ein Kollege einmal scherzhaft meinte:

‚Brunilla ist so träge wie ein alter LKW. Sie braucht unbeschreiblich lange, bis sie endlich in Fahrt kommt.'

Tja, Kollegen können so gemein sein, doch Brummi fühlte sich geschmeichelt, ja sogar geehrt.

Langsam passt sich auch ihre Figur ihrem Spitznamen an, denn sie wird immer dicker und dicker. Ihr Gesicht ist irgendwie aufgeschwemmt und richtig unansehnlich geworden, denn die vielen Sonnenbäder haben ihre Spuren hinterlassen. Ich mag sie nicht, seitdem ich weiß, dass sie ihren Mann betrügt. Und Brummi mag mich nicht, seitdem sie weiß, dass ich weiß, dass sie ihren Mann betrügt.

Brummi arbeitet seit ein paar Jahren in einer der Abteilungen der Versicherung, die im Gebäude nebenan residiert. Da beide Gesellschaften, also die Versicherung und unsere Gesellschaft eng zusammen arbeiten, kommt Brummi öfter zu uns, um die Korrespondenz abzuholen und Termine zu koordinieren. Auch benutzt die Versicherungsgesellschaft des Öfteren unseren großen Konferenzraum, um Tagungen und Besprechungen abzuhalten.

Die andere Frau, die mit Brummi die Toilette betreten hat, ist die scheue Mitarbeiterin von Martha. Sie heißt Lydia. Dass Lydia sich auch hier aufhält weiß ich aber auch nur, weil Brummi sie direkt anspricht und ihren Namen nennt.

„Lydia, hast du Lieschen gesehen?"

Ich zucke zusammen. Was will Brummi denn von mir?

„Nein,"

höre ich die schüchterne Antwort von Lydia.

„Ich bin den ganzen Morgen im Büro von Martha, und da war Lieschen nicht."

,Nein, da gehe ich auch nicht hin.'

will ich am liebsten laut rufen, aber das geht in meiner Lage nicht. Langsam macht sich Verzweiflung in mir breit.

„Sie scheint verschwunden zu sein,"

erzählt Brummi weiter.

„Jeder sucht sie. Keiner weiß wo sie steckt."

Dann begibt sie sich nebenan auf die Toilette und ich muss mit anhören, wie sie sich erleichtert. Ekel macht sich in mir breit, und ich würde mich am liebsten übergeben. Aber auch dieser Zustand geht vorüber.

,Wo ist Lydia?'

denke ich. Wenn ich wüsste, dass sie den Raum verlassen hat, könnte ich doch schnell aus mei-

nem mittlerweile übel riechenden Gefängnis heraus. Übel riechend deshalb, weil Brummi sich
sehr erleichtert und immer noch tut, was mit einigen unangenehmen Geräuschen verbunden ist.
Ich muss mir die Hand vor den Mund halten.
„Lydia, bist du noch da?"
höre ich Brummi rufen.
„Ja."
kam die leise Antwort.
„Machst du bitte das Fenster auf? Ich habe
Stinkereien gemacht."

Brummi lacht hässlich und kindisch auf.

Mein Gott, was ist Brummi nur für ein Mensch,
denke ich. Dass sie nicht glücklich verheiratet ist
beweist sie durch ihr Fremdgehen. Hoffentlich
werde ich nicht einmal so eine frustrierte alte
Frau, wie Brummi es ist. Ihre Mundwinkel hängen
sehr weit nach unten, und es ist überhaupt keine
Freude in ihren Augen zu erkennen. Außer wenn
sie jemanden verletzen kann, dann umspielt ein
triumphierendes Lächeln ihre schmalen Lippen.
Sie ist ungefähr fünf Jahre jünger als ich, aber
dadurch, dass sie so ungepflegt herum läuft,
scheint sie um Jahre älter als ich auszusehen.
Bestätigen mir auch immer wieder erstaunte Kollegen, die glauben, Brummi stünde kurz vor ihrer
Rente.

Warum ich gerade in diesem Moment an Albert denken muss, ist mir ein Rätsel. Ich denke unwillkürlich an die letzte Nacht, die ich nicht alleine verbracht habe. Seitdem ich geschieden bin, geht es mir gut. Albert, der Mann, der mich so verwöhnt hat in dieser Nacht, ist ein wundervoller Liebhaber. Wir müssen nur aufpassen, dass keiner in der Firma entdeckt, dass wir beide zusammen sind, denn er ist der Geschäftsführer einer Gesellschaft, die eng mit der unseren zusammen arbeitet. Aber Albert und ich haben beschlossen, dass, wenn wir zusammen sind, kein Wort über die Arbeit gesprochen wird. Es könnten Interessenkonflikte entstehen, die wir beide unter allen Umständen vermeiden wollen.

Ganz warm ist mir bei dem Gedanken an ihn geworden, und ich habe für einen kurzen Moment den schmerzenden Brillenrand der Toilette, auf der ich immer noch sitze, vergessen. Aber ich werde jäh aus meinen Träumen gerissen.

Brummi nebenan hat gerade erneut und sehr geräuschvoll den Wasserhebel der Spülung ihrer Toilette, auf der sie sich immer noch befindet, betätigt. Durch das Rauschen des Wassers höre ich, wie sie die Tür der Kabine, die sie benutzt hat, öffnet und laut wieder schließt.

‚Kann denn Brummi nie leise sein‘?

denke ich vor mich hin. Immer wenn sie in der Nähe ist, ist es hektisch und laut. Auch ihre grelle Stimme hört man meistens durch mehrere Büros.

„So, jetzt fühle ich mich besser. Ich hätte es nicht mehr bis zu unserer Firma geschafft."

Ein hässliches Lachen folgt diesen Worten. Es klingt laut und gemein, aber auch sehr zufrieden.

„Geht doch, bitte geht doch alle beide"
will ich am liebsten laut rufen, aber sie tun mir den Gefallen nicht.

„Das gibt aber mächtig Ärger für Lieschen,"
höre ich die zufriedene Stimme von Brummi.

„Ihr Chef, der Herr Legemüller, sucht sie nämlich dringend. Kaum ist er mal weg, macht sie, was sie will. Gut, dass ich dafür gesorgt habe, dass sie letztes Jahr die Stelle der Chefsekretärin bei uns nicht bekommen hat."

Habe ich das gerade richtig gehört? Habe ich das gerade richtig verstanden? Brummi erzählt Lydia, dass sie dafür gesorgt hat, dass ich nicht Chefsekretärin der Versicherungsgesellschaft nebenan wurde? Wut und Erleichterung machen sich in mir breit. Wut darüber, dass sie so etwas getan hat und Erleichterung spüre ich deshalb, weil ich auf keinen Fall dorthin möchte. Für kein Geld der Welt, denn die Kollegialität bei der Versicherungsgesellschaft war und ist bekanntermaßen schlecht. Jeder der hier arbeitet, weiß das.

Dass ich im Gespräch war, als Chefsekretärin zur Versicherungsgesellschaft zu wechseln, wusste ich schon länger. Aber ich hatte klar und deutlich zum Ausdruck gebracht, dass ich auf keinen Fall wechseln wollte. Und nun behauptet Brummi einfach frech, dass sie dafür gesorgt hätte, dass ich die Position nicht bekommen hätte.

Beinahe hätte ich laut aufgelacht, aber ich konnte mich gerade noch zurückhalten.

‚Wem sie diese Geschichte wohl schon alles erzählt hat?'

frage ich mich nun doch, und es macht mich wütend, sogar sehr wütend.

Vielleicht gibt Brummi ja nur an mit der Aussage, dass sie dafür gesorgt hat, dass ich die Stelle nicht bekomme. Vielleicht hilft es ja ihrem kleinen EGO, sich für so wichtig auszugeben. Dass Geschäftsführer auf sie, die kleine Angestellte hören würden, ist sowieso unglaubhaft. Aber falls sie es doch getan hat, würde ich sie jetzt am liebsten umarmen und knutschen, obwohl ich sie so gar nicht mag.

Da fällt mir eine Geschichte ein, die mein Vater einmal erzählte. Er und Brummis Vater arbeiteten vor vielen Jahren in einer großen Verwaltung. Mein Vater war Angestellter des Rechnungsamtes und Brummis Vater der Büro Bote, also derjenige, der die Post im Amt verteilte und wieder abholte. Außerdem musste er alle Botengänge für die Angestellten erledigen. Er war quasi der Laufbursche der Behörde. Es ergab sich, dass mein Vater und Brummis Vater eine Kur für den gleichen Ort und dasselbe Sanatorium bewilligt bekamen. Brummis Vater fuhr vier Wochen vor meinem Vater. Als mein Vater dann seine Kur antrat, einen Tag nachdem Brummis Vater wieder zu Hause war, begrüßten ihn die anderen Kurgäste mit den Worten:

„Schön, Sie auch endlich kennen zu lernen, Herr Müller-Maierfeld. Ihr Vorgesetzter hat nur Gutes über Sie erzählt. Wir haben ihn ja gestern verabschiedet."

Brummis Vater hatte allen Kurgästen erzählt, dass er der Chef der Verwaltung wäre. Wieso sollte also Brummi anders sein, als ihr Vater? Der Ausspruch:

‚Der Apfel fällt nicht weit vom Stamm'

trifft auch in diesem Falle wieder einmal zu einhundert Prozent zu. Und wenn schon mein Vater stillschweigend über die Sache hinweg gegangen war und den Großmut besaß, Brummis Vater nicht bloß zu stellen, dann besitze ich ihn auch im Fall seiner Tochter und ihrer angeblichen Tatbeteiligung an der Verhinderung meiner möglichen Beförderung zur Chefsekretärin der Versicherungsgesellschaft von nebenan.

‚Arme Brummi,'
denke ich.
‚hoffentlich werde ich, ach, was, ich weiß, dass ich niemals so gemein und hinterhältig werde, wie sie es ist.'
Sie muss trotz Ehemann ein sehr einsamer Mensch sein, denn sie sieht sehr frustriert und unzufrieden aus. Alleine wenn ich an ihre herabhängenden Mundwinkel denke, kommt mir fast so etwas wie Mitleid für sie auf. Eigentlich sollte ich ihr raten, sich endlich scheiden zu lassen, damit sie vielleicht wieder einen Grund zum Lächeln hat. Aber ich glaube nicht, dass sie glücklich über meinen Rat wäre, denn dann müsste sie ja zugeben, dass bei ihr zuhause etwas nicht stimmt. Wo sie doch immer erzählt, was für ein tolles Haus, was für einen tollen Hund und vor allen Dingen, was für tolle Autos sie und ihr Mann fahren. Wenn ich gefragt werde, ob ich verheiratet bin, antworte ich immer strahlend:
„Nein, ich bin glücklich geschieden."
Und das sieht man mir auch an.

„So, ich muss weg. Im Gegensatz zu Lieschen bin ich ein pflichtbewusster Mensch und sage immer Bescheid, wo ich bin und wo ich hingehe. Tschüss, Lydia."

„Tschüss, Brummi."

Die Tür zum Flur wird laut zugeschlagen. Brummi ist gegangen. Warum geht Lydia nicht? Warum bleibt sie hier? Wenn ich nicht bald in mein Büro zurück kann, gibt es vielleicht wirklich Ärger mit meinem Herrn Legemüller. Ich weiß doch, wie er es hasst, wenn mein Platz in seinem Vorzimmer leer ist. Was macht Lydia nur? Ich würde ihr am liebsten laut zurufen:

„Bitte Lydia, bitte geh doch."

Aber natürlich kann ich das in meiner jetzigen Situation nicht tun. So sitze ich weiterhin auf der mittlerweile immer unbequemeren Klobrille. Wenigstens habe ich meine Hose hochgezogen und die Ränder der Brille schneiden nicht mehr in meine Oberschenkel. Dafür spüre ich jetzt in meinem linken Fuß ein leichtes kribbeln.

‚Bloß keinen Krampf bekommen,'

denke ich erschrocken. Vorsichtig bewege ich meine Zehen in den viel zu engen Schuhen, für die ich mich heute Morgen entschieden habe. Aber es nützt nichts, das Kribbeln verstärkt sich sogar. Ich müsste jetzt unbedingt ein paar Schritte laufen, damit es aufhört.

Was ist das denn? Das war doch ein leises Schluchzen. Oder hatte ich mich verhört? Nein, schon wieder höre ich dieses Geräusch. Es scheint wirklich so, dass Lydia auf der Couch sitzt und leise vor sich hin weint. Wie gerne würde ich jetzt zu ihr gehen, sie in den Arm nehmen und sie fragen, was der Grund für ihr Weinen ist.

Sie scheint sehr verzweifelt zu sein, denn ihr Schluchzen wird lauter und heftiger. Ob sie wieder von ihrem Mann geschlagen wurde? Ob sie wieder zu ihm zurück gekehrt ist? Alle meine Bemühungen damals, am nächsten Tag etwas von ihr zu erfahren, hatte sie blockiert. Anscheinend schämte sie sich dafür, mir ihre privaten Probleme mitgeteilt zu haben. Da forschte ich auch nicht weiter nach, obwohl ich ihr so gerne geholfen hätte. Aus eigener leidvoller Erfahrung wusste ich, wie man sich fühlt, wenn der eigene Mann einen schlägt.

Was soll ich nur machen? Lydia wähnt sich alleine in diesem Raum, sonst würde sie sich bestimmt nicht so gehen lassen, und es wäre gemein von mir, mich jetzt einfach bemerkbar zu machen. Sicherlich würde es sie beschämen, und das will ich auf keinen Fall. Sie tut mir so leid, und ich bin wütend über diese Situation, in der ich helfen möchte, aber nicht kann.

Noch ehe ich diese Angelegenheit für mich fertig überdacht habe, geht die Tür zum Flur erneut auf und Trixie, ich erkenne sie an ihrer Stimme, ruft erschrocken auf:

„Aber Lydia, was ist denn los, warum weinst du denn so?"

Ich kann mir gerade bildlich vorstellen, wie Trixie Lydia liebevoll umarmt.

„Was hast du denn, Lydia. Möchtest du darüber reden?"

Ich mag Trixie, obwohl und gerade weil sie blond ist.

Leider kann ich nicht sehen, was vor meiner Tür vor sich geht. Würde die scheue, stille Lydia ihrer mitfühlenden Kollegin Trixie ihr Herz ausschütten oder nur abwehrend den Kopf schütteln? Ich weiß es nicht und kann es aus meinem Gefängnis auch nicht sehen. Eine ganze Weile bleibt es ruhig .Ob Trixie den Arm um sie gelegt hat, um sie zu trösten? Das Weinen von Lydia wird weniger und dann ist es still.

„Kann ich dir helfen?"

Ach Trixie, denke ich in meinem Gefängnis. Sollte ich einmal Sorgen haben, dann komme ich bestimmt zu dir und lasse mich trösten.

Lydia antwortet nicht und ein Schütteln oder Nicken des Kopfes kann ich durch die Wände meines stillen Örtchens leider nicht sehen.

Vielleicht hatte sie sich ja über Martha geärgert. Dass es nicht leicht ist, mit ihr zusammen zu arbeiten, ist in der ganzen Firma bekannt. Und dass sie niemals zugibt, einen Fehler gemacht zu haben, ist außerdem bekannt. Fehler macht sie nicht, das machen nur die anderen. Vielleicht war ja wieder so eine Situation entstanden, in der Martha ein Fehler eingestehen musste, aber die Schuld weit von sich wies und Lydia beschuldigte?

Es wäre nicht das erste Mal, und Lydia würde den Mund halten und sich nicht wehren. Sie ist auf diese Arbeit angewiesen. Falls sie wieder zu ihrem Mann zurück gekehrt ist, dann benötigt sie das Geld dringend für ihre kleine Familie. Ihr Mann ist, sowie ich gehört habe, weiterhin arbeitslos, und sie haben eine kleine Tochter. Deshalb erträgt sie immer wieder die Launen von Martha und bleibt still. Vielleicht ist aber auch ihr Mann der Grund für ihre Verzweiflung.

„Ich muss zurück,"
höre ich die leise Stimme von Lydia.
„Vielen Dank, Trixie. Du bist sehr nett."
„Aber das ist doch selbstverständlich, Lydia. Aber du musst mir versprechen, dass du zu mir kommst, wenn du Sorgen hast, ja?"
„Ja, danke Trixie. Tschüss."

Die Tür fällt zu und Lydia ist gegangen. Aber schon wieder geht die Tür auf.

‚Wer kommt denn jetzt schon wieder'?

Ich bin am verzweifeln. Ich muss hier raus. Meine Arbeit wartet. Wie spät mag es wohl sein? Meine Armbanduhr hatte ich, kurz bevor ich mein Büro verließ, ausgezogen und auf meinen Schreibtisch gelegt. Sie hinterlässt immer so schwarze Ränder auf meinem Handgelenk. Wie viel Uhr mag es jetzt wohl sein? Wie lange stecke ich hier schon fest? Jegliches Zeitgefühl ist mir mittlerweile abhanden gekommen.

„Hast du die arme Lydia gesehen? Sie ist gerade gegangen."

Trixie spricht zu einer unbekannten Person, die ich aufgrund der Tatsache, dass ich quasi hier festsitze, nicht sehen und nicht erkennen kann, und die wohl mittlerweile den Raum betreten hat.

„Nein, warum?"

„Ich bin hier rein gekommen und habe sie auf der Couch gefunden, und sie weinte und weinte und wollte überhaupt nicht mehr aufhören.

„Aber warum hat sie denn so geweint?"

Jetzt weiß ich wer die unbekannte Person ist. Es ist Trixies Arbeitskollegin Sandra, mit der sie sich das Büro teilt.

„Ich weiß nicht, warum sie so geweint hat. Ich habe sie ein paar Mal gefragt, aber sie hat es mir nicht erzählt. Ob sie wohl Sorgen zuhause hat? Ich habe nämlich gehört, ihr Mann soll trinken."
Sofort verwerfe ich den Gedanken wieder, mich jemals von Trixie trösten zu lassen.
„Ja, das habe ich auch schon gehört. Die arme Lydia. Es ist schlimm, einen Säufer als Mann zu haben."

So also entstehen Gerüchte. Jemand äußert eine Vermutung, und schon ist aus einer Vermutung ein Verdacht entstanden, und aus diesem Verdacht wird anschließend eine Tatsache.

Ich kann mir genau vorstellen, wie Sandra in ihre Abteilung zurückkehrt und hinter vorgehaltener Hand und mit den Worten:
„Aber nur nicht weiter erzählen,"
den anderen Kollegen die brühwarme Nachricht überbringt, dass der Mann der armen Lydia, die bei Martha im Büro arbeitet, ein Säufer ist. Und das im allerbesten Plattdeutsch. Denn das muss man ihr lassen, platt sprechen kann Sandra perfekt. Sie scheut auch nicht davor zurück, sich in ihrer Mundart mit den Geschäftsführern zu unterhalten. Dass diese sich dann über sie lustig machen, merkt Sandra nie. Mir ist es ein Rätsel, wie man absolut kein Hochdeutsch sprechen kann.

Vor allen Dingen dann nicht, wenn man im Berufsleben steht.

Derweil trällert Trixie, während sie sich ausgiebig ihre Hände am Wasserbecken wäscht, einen Schlager, der gerade sehr modern ist und den ich überhaupt nicht ausstehen kann. So, als ob mein linkes Bein mir zustimmen wollte, geht das Kribbeln von dem Fuß nun auf das restliche linke Bein über. Kriecht langsam über meine Waden bis fast zum Knie. Außerdem verstärkt sich mein Durstgefühl durch das laufende Wasser im Handwaschbecken immer mehr. Jetzt habe ich richtig Durst und muss unbedingt etwas trinken.
„Trixie!"
will ich schreien,
„warum dauert es nur so lange, bis deine Finger sauber sind? Ich will hier raus!"
Es klopft laut von außen an die Tür zum Flur.
„Herein,"
ruft Trixie genau so laut.
Jemand reißt die Tür auf und eine Stimme ruft:
„Hat jemand Lieschen gesehen? Ist Frau Müller-Maierfeld hier drin?"
Es ist Herr Pünktchen auf der Suche nach mir.

Bevor ich auch nur den Mund aufmachen kann, um mich bemerkbar zu machen, antwortet Trixie, so wie es ihre liebe Art ist:

„Nein, Herr Pünktchen, unser liebes Müller-Maierfeldchen ist nicht hier. Falls ich sie sehe, soll ich ihr etwas ausrichten?"

„Nein, oder doch, ja. Sie soll bitte so schnell wie möglich zurück in ihr Büro kommen."

„Warum? Wo ist sie denn?"

Trixie scheint völlig ahnungslos.

„Wir suchen sie schon seit einer Stunde."

‚Was? Seit einer Stunde sitze ich hier fest'?

Ich kann es nicht glauben. Kein Wunder, dass Herr Pünktchen sich Sorgen um mich macht.

„Ich guck mal aus dem Fenster, ob ihr Auto noch da ist."

Mit diesen Worten öffnet Trixie das Fenster nach draußen.

„Ihr grüner Flitzer ist noch da,"

kräht sie munter.

„Es steht noch genau an der gleichen Stelle, wo sie ihn heute Morgen geparkt hat. Ich weiß das so genau, denn ich bin zeitgleich mit ihr ange-kommen."

„Dankeschön, Trixie."

„Bitteschön, Herr Pünktchen."

Trotz all ihrer Naivität ist Trixie doch auch ein sehr umsichtig denkender Mensch.

Herr Pünktchen geht, und ich hocke weiterhin auf der Toilette fest und massiere vorsichtig und vor allen Dingen leise, damit Trixie es nicht hört, mein linkes Bein. Es fängt jetzt langsam an, weh zu tun. Ich müsste unbedingt aufstehen und etwas gehen, damit das Blut besser zirkulieren kann. Gut, dass ich heute Morgen zum Frühstück meine Magnesium Brausetabletten genommen habe. Es heißt, dass sie Krämpfe verhindern, und ich bete, dass es stimmt. Vorsichtig versuche ich aus meinem linken Schuh zu schlüpfen, um meine Zehen etwas bewegen zu können und um auch so meinen Blutkreislauf in meinem linken Bein zu unterstützen und zu verbessern.

‚Bitte Trixie, bitte geh so schnell, wie du kannst.'

Leider hört Trixie meine Gedanken und mein Flehen nicht, sondern, ich vermute es nur, sehen kann ich es ja nicht, sie verschönert jetzt ihre Frisur. So wie ich sie kenne, dreht sie sich noch ein wenig vor dem Spiegel, um sich von allen Seiten zu betrachten. Trixie gefällt sich selbst sehr gut. Ich muss zugeben, sie ist ja auch eine Hübsche.

Wie sollte es auch anders sein, erneut öffnet sich die Tür zum Flur.

‚Wer ist es dieses Mal'?

denke ich verzweifelt.

„Ich muss dir doch noch etwas erzählen, Trixie. Wollte ich schon den ganzen Morgen aber ich habe es immer wieder vergessen."

Es ist Sandra, die wieder zur Toilette zurück gekommen ist.

„Was, etwas Schönes oder Trauriges?"

Trixie klingt freudig erregt.

‚Ach Trixie,'

denke ich.

‚Dir kann man aber auch mit allem eine Freude machen. Egal ob mit etwas traurigen oder schönen Neuigkeiten.'

„Ich habe unser Lieschen gestern Abend mit einem Mann gesehen."

Für einen Moment ist es totenstill. Wieder wage ich kaum zu atmen, und ich kann mir genau vorstellen, wie Trixies Mund sich vor Überraschung ganz weit öffnet, genau wie ihre Augen. Sie benötigt eine kleine Weile, um sich zu fangen und das Gehörte zu verarbeiten.

„Lieschen? Du meinst unser Lieschen? Unser Müller-Maierfeldchen?"

Trixies Stimme überschlägt sich fast.

„Ja, genau, unser Müller-Maierfeldchen."

„Und was für ein Mann war das? Sah er gut aus? War er dick? War er klein oder, komm, sag schon, mach es doch nicht so spannend."

„Aber du lässt mich ja gar nicht zu Wort kommen, Trixie."

„Ist ja schon gut Sandra. Ich verspreche, ich bin jetzt ganz still. Du kannst anfangen."

Doch bevor Sandra anfangen kann zu erzählen, mit wem sie mich gestern Abend gesehen hat, geht die Tür auf und eine Stimme ruft:

„Trixie, Telefon."

„Ich komme,"

ruft Trixie.

„Du kannst es mir ja Büro fertig erzählen Sandra."

„Ist gut Trixie."

Schade, jetzt, wo es mich anfängt zu interessieren, laufen beide weg. Natürlich weiß ich, mit wem ich gestern Abend zusammen unterwegs war, nämlich mit Albert. Aber wo nur hat Sandra uns gesehen? Wir passen doch immer auf, damit wir keinem Arbeitskollegen begegnen, um möglichem Gerede aus dem Weg zu gehen. Gestern Abend waren wir zu Fuß zu Sandrino gegangen, um dort italienisch zu essen. Ich finde, bei Sandrino gibt es das beste italienische Essen in der ganzen Umgebung. Vorsichtig hatte ich mich umgeschaut, ob ich bekannte Gesichter entdecken würde, aber ich hatte keine gesehen. Später, nach dem Essen bei Sandrino sind wir wieder zu Fuß nach Hause gegangen. Zu meiner Wohnung.

Nicht nur, dass Albert genau meinen Vorstellungen wie ein Mann aussehen muss, entspricht, nämlich groß, stark und kräftig in seiner Figur und mit einem drei-Tage-Bart, er ist auch sehr intelligent und weltoffen. Albert ist einer der wenigen Männer, die einen drei-Tage-Bart tragen können, ohne ungepflegt zu wirken oder auszusehen. Außerdem ist er sehr gebildet und spricht fünf Sprachen fließend, aber leider kein Deutsch. Darum müssen wir uns in Englisch unterhalten, was uns aber keine Probleme bereitet.

Bevor ich den gestrigen Abend weiter Revue passieren lassen kann, machen sich die Schmerzen in meinem linken Bein immer stärker bemerkbar. Ich sitze noch immer auf dieser Toilette, aber leider habe ich jetzt eine Minute zu lange geträumt, denn schon bin ich nicht mehr alleine. Es ist wieder jemand herein gekommen. Nein, an den Stimmen erkenne ich, dass es zwei Personen sind.

Wie könnte es auch anders sein, es sind wieder einmal Trixie und Sandra.

‚Haben die Beiden so viel Zeit, um sich so oft auf der Toilette aufzuhalten?‘

frage ich mich. Dann fällt mir ein, ihr Chef ist diese Woche auch auf Dienstreise und die beiden jungen Frauen sind alleine in ihrer Abteilung, denn da der Chef auf Dienstreise ist, hat seine Sekretärin Urlaub genommen. Die beiden anderen Herren, die sich sonst auch dieser Abteilung befinden, haben ebenfalls Urlaub.

Gestern noch hat sich mein Herr Legemüller tierisch darüber aufgeregt, dass es ewig lange dauert, bis man eine Auskunft über noch anstehende Fragen, die diese Abteilung betrifft, bekommt. Immer wieder heißt es entweder von Trixie oder von Sandra:

„Es tut uns leid, aber wir haben so viel zu tun. Sie müssen sich noch etwas gedulden."

Langsam wird mir manches klar.

„Komm, erzähl weiter, wen hast du gestern Abend mit Lieschen gesehen? Ich denke, sie ist solo und hat keinen Freund?"

Trixie platzt fast vor Neugierde.

„Kennst du den Geschäftsführer von der neuen Gesellschaft, die im Gebäude auf der gegenüberliegenden Straßenseite ihre Büros hat?"

„Nein Sandra, den kenne ich nicht."

„Ach Trixie, es ist der große Mann mit dem hellbraunen, langen Mantel. Erinnerst du dich? Er war doch schon einige Male bei der Geschäftsleitung. Er sieht aus, so, als ob er sich nie rasiert. Du musst ihn schon einmal gesehen haben."

Mir gefällt es, dass Albert sich nicht jeden Tag rasiert. Sein Drei-Tage-Bart gibt ihm ein so wildes Aussehen, das mich ungemein anzieht und ihn für mich sehr attraktiv macht.

Trixie scheint zu überlegen, denn es bleibt eine Weile ruhig.

„Nein, Sandra. Ich weiß nicht wen du meinst."

„Ist ja auch nicht schlimm Trixie. Wenn er das nächste Mal im Gebäude ist, zeige ich in dir."

„Aber jetzt mach schon Sandra. Was hast du gestern gesehen?"

„Also,"

fängt Sandra an zu erzählen,

„gestern Abend, als ich meine große Tochter zum Klavierunterricht gefahren habe, ist mir Lieschen mit diesem Geschäftsführer begegnet."

„Und?"

Ungeduldig fällt Trixie Sandra ins Wort.

"Ja, das reicht doch, oder? Was hat unser Lieschen mit diesem Geschäftsführer zu tun, Trixie? Sag mir das mal. Und vor allen Dingen, Trixie, nach Feierabend."

Doch bevor Trixie antworten kann, hämmert jemand lautstark an die Tür, die die Toilette vom Flur trennt.

„Hallo, ist Frau Müller-Maierfeld vielleicht hier drin?"

Noch niemals zuvor habe ich die Stimme von Herrn Pünktchen so erregt, fast ärgerlich gehört.
Es folgt ein lautes und einstimmiges:
„Nein"
von Trixie und Sandra.
„Hier ist sie nicht, Herr Pünktchen. Sagen Sie bloß, sie ist noch immer nicht aufgetaucht?"
„Nein, sonst würde ich sie ja nicht suchen!"
war die knappe und unwillige Antwort. Ich bin überrascht von Herrn Pünktchen, denn ich kenne ihn eigentlich nur als besonders besonnenen und ruhigen Kollegen. Was hat ihn nur so aus der Fassung gebracht?

„Soll ich noch einmal nachsehen, ob ihr Auto noch draußen parkt?"
Trixie, hilfreich wie immer.
„Ja, bitte Trixie, bitte schau mal aus dem Fenster. Herr Legemüller ist außer sich, da er sie nicht erreichen kann."
„Das arme Lieschen. Was der wohl blüht, wenn er zurück kommt?"
Sandra dachte laut nach.
„Das Auto ist noch da, Herr Pünktchen."
„Danke Trixie, dann muss ich weiter suchen. Ich muss sie unbedingt finden."

Kapitel 5

Ich bekomme es nun auch langsam mit der Angst zu tun, denn mit Herrn Legemüller ist nicht zu spaßen. Solange man sich an seine Anweisungen und Anordnungen hält, ist er der beste Chef der Welt. Doch sowie man sich nicht danach richtet, wird er zur Furie. Ich selbst war noch nie der Grund dafür, dass er ausgerastet ist, aber ich habe es schon bei einigen Kollegen erlebt. Das hat mir gereicht. Außer den Schmerzen im linken Bein kommt jetzt noch die Sorge hinzu, was mir morgen blüht, wenn Herr Legemüller wieder da ist. Mir ist gar nicht wohl dabei zumute. Warum rufe ich nicht einfach laut:

„Ich bin hier,"

und verlasse mein unfreiwilliges Gefängnis? Wann bekomme ich endlich etwas zu trinken? Meine Lippen sind schon ganz trocken. Sicher werden einige Kolleginnen geschockt sein zu erfahren, dass ich ihre Gespräche mit angehört habe, wenn auch unfreiwillig, und sie werden zu recht ärgerlich auf mich sein. Dem möchte ich doch lieber entgehen, bleibe also unruhig sitzen und harre der Dinge, die da wohl oder übel folgen werden.

„Lieschen, Lieschen,"
ruft auf dem Flur die laute Stimme der Chefsekretärin.

„Lieschen, wo bist du?"
Ich kann ja nicht antworten, denn noch immer sind Trixie und Sandra mit mir im Toilettenraum, wenn auch durch eine dünne Wand getrennt.
Die Tür zum Flur wird aufgerissen und Barbara, die Chefsekretärin, ruft noch einmal ärgerlich:
„Habt Ihr Frau Müller-Maierfeld gesehen? Herr Dreichsler sucht sie dringend."

„Nein Barbara,"
ist die gleichzeitig ausgesprochene Antwort von Trixie und Sandra.

„Wo ist die bloß?"
höre ich noch Barbaras wütende Stimme. Gleichzeitig wird die Tür der Toilette zum Flur laut zugeschlagen.

„Die ist zu,"
meint Trixie trocken.

„Jetzt wird sie nicht nur von ihrem Chef, sondern auch noch vom Geschäftsführer gesucht. Was ist da nur los?"
Ich kann mir Sandras fragendes Gesicht genau vorstellen.

‚Nichts ist los,‘

denke ich während ich mein linkes Bein sanft massiere. Es ist nur das tägliche Einerlei. Immer bevor Herr Dreichsler morgens zu seinem Büro geht, legt er mir seine Diktierbänder, die er am Abend zuvor oder am frühen Morgen auf der Fahrt zur Arbeit in seinem Auto besprochen hat, auf meinen Schreibtisch. Er vertraut meiner Arbeit mehr, als die seiner Sekretärin.

Nicht, dass es mir etwas ausmacht, aber dann soll er mir auch den gleichen Lohn bezahlen, den Barbara bekommt. Aber auf diesem Ohr ist Herr Dreichsler taub. Davon will er nichts wissen. Bestimmt denkt er sich, da Herr Legemüller sich auf Dienstreise befindet, hätte ich alle Zeit der Welt, die Arbeiten seiner Sekretärin zu erledigen.

Nun sitze ich hier auf der Toilette und darf mich nicht bemerkbar machen, damit keiner mitbekommt, was ich heute Morgen schon alles erfahren habe.

„Was ist denn jetzt mit dem Geschäftsführer der neuen Firma und unserem Lieschen?“

Trixie klingt ungeduldig und reißt mich aus meinen Gedanken.

„Ja, mehr weiß ich auch nicht. Aber er hatte den Arm um sie gelegt, als ich sie gesehen habe.“

Ja, das stimmt. Für einige Minuten hatte Albert wirklich den Arm um meine Schultern gelegt und mir leise ins Ohr geflüstert, wie gut er sich in meiner Gesellschaft fühlt.

‚Und gerade in dem Moment hat Sandra uns gesehen'?

Ich kann es nicht glauben. Eigentlich hatte ich vor gehabt, mit dem Auto zu Sandrino zu fahren, aber Albert hatte darauf bestanden, zu Fuß zu gehen.

„Ich sitze den ganzen Tag am Schreibtisch. Da tut mir die Bewegung gut."

Dem hatte ich nichts entgegen zu setzen. Auch mir tat der Spaziergang an der frischen Luft gut. Nur hatte ich bestimmt nicht vor, in unserer Firma das ‚Gespräch des Tages' zu werden.

„Soll ich sie mal fragen, ob es ihr neuer Freund ist?"

Da ist mal wieder typisch Trixie. Sie schreckt vor nichts zurück.

„Nein, nein, bloß nicht. Dann fragt sie dich woher du das weißt, und dann bekomme ich Schwierigkeiten. Sag bitte nichts."

Woher nimmt Sandra an, dass sie Schwierigkeiten bekommt, wenn sie die Wahrheit erzählt? Schließlich stimmt es, was sie gesehen hat. Sie muss wohl ein sehr schlechtes Gewissen haben.

„Komm, wir gehen zurück ins Büro. Ich muss noch einige Rechnungen und Unterlagen für die Techniker vorbereiten."

„Ist gut Trixie."

Ich höre, wie beide Frauen die Tür zum Flur öffnen und beim Herausgehen gleichzeitig ausrufen:

„Hallo, Helen. Hallo, Laura. Wie geht es euch?"

Trixie begrüßt die Neuankömmlinge in ihrer gewohnt herzlichen Art.

„Ist ja schön, euch beide mal wieder zu sehen. Kommt Ihr bitte in meinem Büro vorbei? Ich habe ein paar Unterlagen, die ihr gegenzeichnen müsst."

„Ja, gerne Trixie. Wir kommen gleich vorbei. Müssen wir beide kommen oder reicht es, wenn ich alleine bei euch vorbeischaue?"

„Nein, ich habe für jeden von euch Unterlagen und benötige die Unterschrift von euch beiden."

„Ist gut Trixie. Bis gleich."

„Ach übrigens."

Trixie scheint noch einmal zurück gekommen zu sein.

„Hat eine von euch Lieschen gesehen? Wir suchen sie überall und können sie nirgends finden."

„Nein."

Einstimmiger hätte die Antwort von Helen und Laura nicht ausfallen können.

Trixie sucht mich überall? Sie war doch die ganze Zeit hier vor meiner Tür. Ach, ja, so ist sie halt.

Helen und Laura sind die Kolleginnen, die im Nachbargebäude arbeiten. Helen ist eine unverheiratete Frau mittleren Alters und Laura ist genau wie ich, sehr froh darüber, geschieden zu sein. Sie hat einen 10-jährigen Sohn. Laura ist zudem mit einem Arbeitskollegen liiert und scheint sehr glücklich mit ihm zu sein. Ich freue mich für sie, denn sie ist eine angenehme Kollegin.

Helen hingegen sieht man an, dass sie unglücklich ist. Selten nur sieht man sie lächeln. Immer ist sie ernst und in sich gekehrt, was sie manchmal abweisend erscheinen lässt. Aber ich mag sie, denn auch sie ist trotzdem sehr nett und äußerst hilfsbereit.

Der Schmerz in meinem linken Bein verstärkt sich. Das Kribbeln hat sich in ein heißes, brennendes Gefühl gewandelt, das mir langsam Angst einflößt. Was soll ich nur machen? Massieren hilft nicht. Ich müsste dringend aufstehen und ein paar Schritte tun. Aber wie bloß soll ich das machen? Der Raum, in dem ich mich befinde ist gerade mal ca. 100 mal 100 cm groß, oder eher klein, wie man es nimmt.

„Hast du Kurt heute schon gesehen, Laura?"
„Nein, Laura. Heute war er noch nicht in meinem Büro. Hast du schon mal bei Frau Müller-

Maierfeld nachgeschaut? Er ist doch fast immer dort zu finden."

Ich muss an mich halten, um nicht laut zu protestieren. Ja, es stimmt. Kurt hält sich häufig in meinem Büro auf, aber nur, um dort auf Herrn Pünktchen zu warten, mit dem er gemeinsam an einem Projekt arbeitet. Oder nach einer Tasse Kaffee zu fragen, die ich ihm natürlich gerne gebe. Manchmal aber auch, um nach meinem störrigen Computer zu sehen, der schon etliche Jährchen auf dem Buckel hat und für den die Firma angeblich kein Geld hat, um ihn gegen einen neueren auszutauschen.

Es ist mir schon aufgefallen, dass Helen großes Interesse an Kurt zeigt. Kurt sieht ja auch blendend aus, etwas älter als Helen und geschieden. Er ist groß gewachsen mit einer schlanken, aber nicht dünnen Figur und dunklen, welligen Haaren. Einfach ein toll aussehender Mann in den besten Jahren. Die beiden würden ein schönes Paar abgeben, da auch Helen groß gewachsen ist. Doch Kurt hat eine Freundin, mit der er seit ein paar Monaten zusammen lebt. Ich glaube, das wissen aber nur Herr Pünktchen und ich.

Trotzdem bin ich etwas skeptisch, was diese frische Beziehung angeht, denn Kurt bleibt immer häufiger immer länger in der Firma. Es scheint ihn nicht nach Hause zu seiner Freundin zu ziehen. Merkwürdig, denn sie ist doch erst vor kurzem zu ihm gezogen. Aber das ist seine Angelegenheit, trotzdem wäre ich traurig, wenn auch diese Beziehung scheitern würde. Das hätte Kurt bestimmt nicht verdient, denn er ist einfach so ein netter Kollege.

Kurt hat mir einmal von der Ehe mit seiner geschiedenen Frau erzählt und wie unschön diese Ehe endete. Von den Kindern, die er so schmerzlich vermisst und von denen er sich gar nicht richtig verabschieden konnte, denn seine Ehefrau hatte ihn einfach mit ihnen verlassen. Es waren nicht seine eigenen Kinder, aber er hatte ihnen sehr nahe gestanden.
Ich bin froh für ihn, dass er nicht mehr allein ist. Seine Freundin kenne ich nicht und kann daher auch nicht einschätzen, ob sie gut oder schlecht für ihn ist. Ich hoffe aber Ersteres, da Kurt ein so netter und stets hilfsbereiter Mensch ist.
Helens Stimme unterbricht meine Überlegungen.

„Weißt du warum Barbara so aufgeregt ist, Laura?"
„Nein, das ist mir ja noch gar nicht aufgefallen, Helen. Sie ist doch so unfreundlich wie immer."
„Nein, ich glaube dieses Mal steckt etwas dahinter, Laura. Ich habe nämlich eben zufällig mit angehört, wie sie Martha etwas von einem Unfall

erzählte, den der Geschäftsführer Spengelmann heute Morgen mit seinem Auto hatte."

„Einen Unfall? Ist ihm etwas passiert?"

„Das weiß ich eben nicht so genau, Laura. Ich wollte ja auch nicht neugierig sein und fragen."

Die Tür neben meiner Kabine wird geöffnet und eine der beiden Frauen benutzt die darin befindliche Toilette, während die andere, ich weiß nicht welche der beiden, davor wartet. Ich will hier raus. Ich muss unbedingt meine Beine bewegen, denn wenn auch noch das rechte Bein einschläft, weiß ich nicht mehr, wie ich diesen Ort verlassen kann. Ich massiere mein linkes Bein etwas fester, während rechts neben mir die Wasserspülung der anderen Toilette rauscht.

Schnell benutze ich die Gelegenheit und stelle mich auf, um den Schmerz in meinem linken Bein etwas zu lindern. Fast wäre ich dabei hingefallen, denn mein linkes Bein trägt mich nicht mehr. Erschrocken sitze ich wieder auf die Toilettenbrille.

‚Um Himmels willen, ich muss hier raus,‘ fährt es mir durch den Kopf.

Ich will nur noch abwarten, bis Laura und Helen den Raum verlassen haben, um dann so schnell wie möglich, selbst die Toilette zu verlassen. Nachdem der Toilettengang neben mir beendet wurde, höre ich durch das rauschende Wasser der Wasserspülung, wie sich Helen und Laura weiter unterhalten.

„Weißt du schon das Allerneueste, Helen?"
„Was ist denn das Allerneueste, was meinst du damit, Laura?"
Helen klingt leicht gereizt.
„Weißt du, dass Frau Kleinmann mit ihrem Freund Schluss gemacht haben soll?"
„Ach Laura, das ist mir doch so egal. Du weißt doch, dass ich diese Tratschereien überhaupt nicht mag. Wieso beteiligst du dich jetzt auch noch daran? Wir haben doch bestimmt andere, wichtigere Dinge zu erledigen."
„Ja, das stimmt ja auch, aber du weißt nicht, mit wem sie jetzt ein Verhältnis hat."
Man hört es an Lauras Stimme, dass sie es kaum erwarten kann, ihre Neuigkeit los zu werden.
Aber sie muss noch damit warten, denn die Tür wird aufgerissen und wie immer wenn Brummi den Raum betritt, wird es laut.

„Hallo ihr Beiden, lange nicht mehr gesehen, was?"
Ein lautes, hässliches Lachen erfüllt den Raum. Die schrille Stimme von Brummi verletzt meine Ohren, und ich hätte am liebsten laut aufgeschrien und sie gebeten, etwas leiser zu sprechen. Wir sind doch nicht taub, aber anscheinend

ist diese Tatsache noch nicht bis zu Brummi durchgedrungen.

„Heute ist hier ja richtig was los. Sonst, wenn ich die Toilette benutze bin ich immer allein, aber heute nicht. Scheint der Treffpunkt der verschiedenen Gebäude zu sein."

Brummi lacht wieder laut auf und benutzt erneut die Toilette rechts neben mir.

„Warum seid Ihr denn so ruhig? Habt Ihr Streit?" ruft sie laut aus ihrer Toilette heraus.

„Nein"

antworten Helen und Laura etwas überrumpelt.

„Habe ich Euch in einem Gespräch unterbrochen? War es etwas Wichtiges? Habt Ihr Geheimnisse, die Ihr mir nicht verraten wollt?"

Brummi kann zwei Sachen auf einmal, wundere ich mich. Hätte ich ja gar nicht von ihr gedacht. Sie benutzt geräuschvoll die Toilette und genau so geräuschvoll stellt sie Fragen. Soll ich sie dafür bewundern? Die Frage stelle ich zurück und werde sie mir später wieder stellen und eventuell beantworten, falls ich sie bis dahin nicht schon längst vergessen habe, nehme ich mir jedenfalls mal vor.

Mir geht das Gespräch von Helen und Laura nicht aus dem Kopf. Bisher habe ich immer gedacht, dass Frau Kleinmann und ihr älterer

Freund ein inniges Verhältnis hätten, da er jeden Abend vor der Firma auf sie wartet, um sie abzuholen. Stimmt, jetzt wo ich darüber nachdenke fällt mir auf, dass ich ihn schon seit über einer Woche nicht mehr vor unserem Gebäude gesehen habe. Groß darüber nachgedacht hatte ich nie, warum auch? Ich mische mich grundsätzlich nie in Dinge ein, die mich nichts angehen und trotzdem werde ich heute, ob ich will oder nicht, in mehr Dinge unfreiwillig mit hineingezogen, wie in meinem ganzen bisherigen Leben noch nicht.

Und da fällt mir noch etwas ein, das ich vor einigen Tagen beobachtet hatte. Als ich abends nach Feierabend noch etwas spazieren ging, sah ich Herrn Obermeiers Auto am Rande unseres dörflichen Grillplatzes und in dem Auto saßen Frau Kleinmann und Herr Obermeier. Die beiden waren so miteinander beschäftigt, dass sie mich nicht sahen.

‚Ob die Beiden wohl etwas miteinander haben'?

Brummis schrille Stimme bringt mich in die Wirklichkeit zurück.

„Habt Ihr Lieschen gesehen? Die suchen alle schon seit Stunden. Ihr Auto steht vor der Tür, aber sie ist nicht zu finden."

„Nein."

Wieder kam die Antwort wie aus einem Mund von Helen und Laura gleichzeitig.

„Die bekommt Ärger, da freu ich mich schon drauf."

Brummis Stimme klingt sehr zufrieden aus der Toilette neben mir.

„Warum bist du denn so gehässig gegen unser Lieschen? Ich mag sie."

Vielen Dank Helen, ich mag dich auch. Dankbar habe ich die Worte von Helen in mir aufgenommen. Schön, wenn man gemocht wird.

„Ich aber nicht, und ich gönne es ihr aus ganzem Herzen, wenn sie Ärger bekommt."

„Warum denn Brummi? Was hat sie dir denn getan?"

Laura klingt überrascht.

„Darüber kann ich nicht reden. Das ist schon zu lange her."

Brummi betätigt die Wasserspülung, und für einen kurzen Moment hört man nur das Rauschen des nachströmenden Wassers, was wiederum mein Durstgefühl verstärkt. Auch mein Mund fühlt sich ganz trocken an, und ich würde sonst etwas dafür geben, wenn ich in diesem Moment einen Schluck Wasser trinken könnte.

„Bis nachher,"
höre ich Brummi rufen und dann schlägt sie die Türe zum Flur laut hinter sich zu.

„Die hat sich noch nicht einmal die Finger gewaschen."

Laura schüttelt sich, was ich nur erahne, aber da ich hinter der Tür und einer Wand bin, nicht sehen kann.

„Das ist mir auch schon früher aufgefallen,"
erwidert Helen.

„Seitdem gebe ich ihr nicht mehr die Hand."

„Das werde ich in Zukunft auch nicht mehr tun, Helen. Aber überlege einmal. Sie fasst doch auch die Briefe an, die sie uns bringt?"

Ein Aufschrei aus beiden Kehlen erfüllt für einen kurzen Moment den Raum.

„Ist was passiert? Warum schreit ihr denn so? Was ist los?"

Frau Kleinmann ist unbemerkt herein gekommen.

„Brummi hat sich die Hände nicht gewaschen, nachdem sie die Toilette benutzt hat."

„Ja, das ist mir auch schon einige Male aufgefallen. Man sollte sie einmal darauf hinweisen."

„Ich nicht." „Ich auch nicht,"
klang es einmütig.

„Mal sehen, vielleicht erwische ich Brummi ja einmal alleine, und dann werde ich mit ihr reden. Helen, kommen Sie bitte bei mir vorbei und schauen Sie sich die letzte Abrechnung an, die ich für ihre Abteilung fertig gestellt habe und über die wir heute Morgen am Telefon gesprochen haben? Ich glaube, so können wir es lassen."

„Ja, danke Frau Kleinmann. Ich werde gleich zu Ihnen kommen."

Man hört, wie sich jemand die Hände wäscht. Ich vermute, es ist Frau Kleinmann. Mein Durst wird immer stärker, je länger das Wasser nebenan rauscht. Wie gerne würde ich jetzt davon trinken, doch das geht ja nicht.

„Ach übrigens Laura und Helen, wissen Sie zufällig, wo ich Frau Müller-Maierfeld, ich meine Lieschen, finden kann? Ich suche sie ganz dringend, und niemand hat sie gesehen. Sie vielleicht? War sie hier auf der Toilette?"

„Nein Frau Kleinmann. Hier war sie nicht und wir haben sie auch nicht gesehen. Wir wissen aber, dass sie gesucht wird. Falls wir sie sehen, sagen wir ihr natürlich, dass sie zu Ihnen kommen soll."

„Nein, anrufen genügt. Danke."

Ich höre das Zuschlagen der Tür zum Flur und vermute, dass Frau Kleinmann gegangen ist. Meine Vermutung bestätigt sich, als ich die Stimme von Laura höre, die aufgeregt zu Helen sagt:

„Was ist nur mit unserem Lieschen? Das ist doch gar nicht ihre Art. Herr Pünktchen ist auch schon ganz aufgeregt, weil er sie nicht findet. Er sagte eben, dass sogar der Herr Legemüller in Berlin einen Riesenaufstand macht, weil Lieschen nicht da ist."

Plötzlich wird mir ganz schlecht bei dem Gedanken an Herrn Legemüller. Ja, ich kann mir gut vorstellen, wie mein verehrter Chef in Berlin langsam immer wütender wird. Ist er es doch gewohnt, seine Sekretärin immer an ihrem Platz vorzufinden. Nämlich an ihrem Schreibtisch in seinem Vorzimmer. Und gerade heute, wo er nicht da ist und sich 100-prozentig auf mich verlassen muss, bin ich plötzlich unauffindbar. Das gibt bestimmt Ärger.

‚Ob der noch den Vorträgen folgen kann oder kreisen seine Gedanken nur um seine abtrünnige Sekretärin'?

frage ich mich insgeheim. Trotz der Sorgen, die ich mir mache was eventuell passiert, wenn er wieder da ist, muss ich lächeln. Ich wusste gar nicht, dass man mich so vermisst. Irgendwie auch schön zu wissen.

„Um noch einmal auf Frau Kleinmann zurück zu kommen, Helen, es scheint aber zu stimmen, dass sie und ihr Freund nicht mehr zusammen sind. Sie wohnen doch nur zwei Häuser weiter, auf der anderen Straßenseite von mir. Günther hat außerdem beobachtet, wie ihr Freund Sachen und Kartons aus dem Haus heraus getragen und in sein Auto gebracht hat."

Übrigens: Günther ist der Freund und Lebenspartner von Laura.

„Hör mal Laura. Es ist doch egal, mit wem Frau Kleinmann zusammen ist. Das ist doch ihre Privatsache und geht uns nichts an."

„Helen, das würdest du nicht mehr sagen, wenn du wüsstest, mit wem sie jetzt ein Verhältnis angefangen hat."

Triumphierend hat Laura diesen Satz Helen gerade entgegen geschleudert.

Doch bevor Helen und ich von unserer nun begreiflichen Neugierde erlöst werden, hallt wieder einmal der jetzt schon bekannte Ruf über die Flure:

„Lieschen, Frau Müller-Maierfeld, hallo Lieschen, wo sind Sie?"

Herr Pünktchen nimmt seine ganze Stimmkraft in Anspruch, um mich zu finden.

„Hier bin ich, ich bin hier,"

flüstere ich vor mich hin.

„Hier Herr Pünktchen."

So ist es natürlich aussichtslos, mich jemals zu finden. Wie lange mag ich nun schon auf dieser Toilette sein? Wie viel Zeit ist vergangen, seitdem ich diesen Ort aufgesucht habe? Ich weiß keine Antwort auf meine Fragen. Jegliches Zeitgefühl ist mir mittlerweile abhanden gekommen. Nur mein Magen deutet an, dass es langsam Zeit wird, zu Mittag zu essen. Ich unterdrücke mein Hungergefühl und wundere mich, dass es wirklich möglich ist, Hungergefühle auf einer Toilette zu entwickeln. Darüber muss ich einmal nachdenken, aber nicht jetzt. Jetzt will ich hier weg. So schnell, wie möglich. Aber wie? Heute geben sich scheinbar alle weiblichen Mitarbeiter abwechselnd oder sogar zusammen die Türe zur Toilette in die Hand.

Aber niemand versucht, den Türgriff der Toilette zu drücken, auf der ich mich seit gefühlter Ewigkeit befinde. Scheint es wirklich so zu sein, dass alle anderen Mitarbeiterinnen immer die Toilette daneben benutzen? Wenn das so wäre, hätte ich tatsächlich eine Toilette für mich ganz alleine. Eigentlich kein schlechter Gedanke, wenn ich nur nicht darauf gefangen wäre. Wie spät mag es denn jetzt nur sein? So als ob Helen meine Frage gehört hätte sagt sie just in diesem Augenblick: „Laura, wir müssen gehen. Wir sind schon ziemlich lange weg. Nicht, dass sie uns so suchen, wie unser Lieschen."
„Ja, du hast recht Helen. Lass uns schnell gehen. Aber vorher schauen wir noch bei Frau Kleinmann vorbei."

Für einen kurzen Moment ist es ganz still. Was wollte Laura Helen nur erzählen? Warum hat sie es so spannend gemacht? Wer ist denn nun der angeblich neue Freund von Frau Kleinmann? Ist es Herr Obermeier? Normalerweise bin ich nicht neugierig, aber in diesem Fall doch.

Und schon habe ich die kurze Zeit verpasst, in der ich alleine war und mein Gefängnis hätte verlassen können. Warum nur bin ich nicht sofort, nachdem Helen und Laura den Raum verlassen hatten, aufgestanden und gegangen? Warum nur? Ich bin wütend auf mich, aber es ist zu spät. Der Raum hat sich schon wieder gefüllt.

Doch dieses Mal höre ich keine Stimmen, sondern eigentümliche Geräusche, die ich nicht sofort einordnen kann. Was geht da draußen vor meiner Toilettentür vor? Ein leichtes Stöhnen und ein Geräusch, als ob sich jemand gegen meine Tür drückt.

‚Ob es jemand nicht gut geht'?

Sorgenvoll wollte ich gerade aufstehen, um die Tür aufschließen und nachzusehen, was da vor sich geht, als ich ein leises, gekeuchtes Flüstern einer Frauenstimme höre.

„Ach, du, ach, warum bist du gestern Abend nicht gekommen? Du hattest es mir doch versprochen."

Dann wieder ein leises Keuchen und Geräusche, als ob sich zwei Menschen erregt küssen.

„Das ging einfach nicht, mein Mann meinte, dass es früh genug wäre, wenn ich erst heute Morgen losfahre."

Es war eine zweite Frau die antwortete. Ich muss zugeben, ich bin leicht irritiert. Leider kann ich die Stimmen der Frauen nicht erkennen. Wer in unserer Firma ist lesbisch und trotzdem anscheinend verheiratet? Das ist etwas ganz Neues und ich bin mir sicher, davon weiß keiner etwas. Solche Dinge sprechen sich in unserer Firma nämlich rasend schnell herum.

Wieder erregtes Schmatzen von heißen Küssen und das Gefühl, als ob jemand gegen die Tür meines Gefängnisses gedrückt würde.

„Du hattest es mir aber versprochen! Du hast gesagt, dass du schon gestern Abend kommen würdest, und ich habe die ganze Zeit gewartet."

Zwischen den Küssen keuchte dieselbe Frau von eben erneut die Worte der Enttäuschung hervor. Sie konnte wohl die Enttäuschung darüber, dass sie den ganzen Abend gewartet hatte, einfach nicht überwinden.

„Ich habe den ganzen Abend auf dich gewartet."

Erneute Kussgeräusche und heftiges Atmen. Das Atmen der beiden Frauen wird lauter und die Bewegungen, die sich an und vor meiner Tür abspielen, heftiger, so, als ob sie sich von oben bis unten anfassen würden.

„Hör auf, bitte, lass das. Wenn jemand herein kommt und uns sieht."

Plötzlich ist es ganz still im Raum und wieder muss ich darauf achten, dass mich niemand hört. „Willst du mich nicht mehr? Hast du keine Lust mehr auf mich? Liebst du mich nicht mehr?"
Die Verzweiflung ist der Stimme der einen Frau deutlich anzuhören. Sie kommt mir plötzlich, da sie etwas lauter spricht, bekannt vor, aber ich bin mir nicht sicher.
„Nein, nein, du Dumme. Natürlich liebe ich dich noch, mehr noch als zuvor, aber ich bin nun einmal verheiratet, das weißt du doch."
Es folgt eine kurze Stille.
„Außerdem hatte ich meinem Mann erzählt, dass mir Herr Konrath-Klein im Hotel nachstellt. Du weißt ja, dass ich im gleichen Hotel wie er untergebracht bin, wenn ich hier bin. Immer, wenn er zu viel getrunken hat, klopft er an meine Tür und will unbedingt zu mir hinein. Deshalb will mein Mann nicht, dass ich über Nacht bleibe. Gut, dass er nichts von dir weiß."

Kapitel 6

Diese Worte erinnern mich plötzlich an ein Erlebnis, das ich vor vielen Jahren einmal hatte. Ich war erst seit kurzem verheiratet, gut katholisch erzogen und auch in meiner Denkweise eine brave Ehefrau, die ihren Mann niemals betrügen würde. Ich arbeitete als Sekretärin bei den amerikanischen Streitkräften, was mir ausnehmend gut gefiel. Außerdem verdiente ich dort fast das Doppelte von dem, was deutsche Firmen zahlten. Das Betriebsklima war eher freundschaftlich, schon familiär, was in deutschen Betrieben überhaupt nicht üblich war und auch heute noch nicht ist.

An den amerikanischen Feiertagen war ich immer alleine im Büro, da meine Kollegen, alle Amerikaner, ihren Feiertag feierten. Auch an diesem besagten Feiertag war ich die Einzige im Büro, als ein amerikanischer Arbeitskollege hereinkam und sich an seinen Schreibtisch im Büro nebenan setzte. Ich muss dazu sagen, dieser Kollege war ein Traum von einem Mann. Es war der best aussehende Mann, den ich jemals in meinem bisherigen Leben gesehen hatte. Die ganzen Frauen in unserem Bürogebäude schwärmten von ihm.

Kurze Zeit später rief er mich zu sich. Ich glaubte, er hätte etwas Dienstliches mit mir zu besprechen und ging zu ihm. Er zeigte mir auch einige Dokumente, die er gerne von mir überarbeitet haben wollte. Als ich mich zu ihm hinunter beugte, um seinem Zeigefinger auf dem Blatt Papier zu folgen, griff er plötzlich meine Hüfte und zog mich auf seinen Schoß. Zu erschrocken um mich wehren zu können, ließ ich es tatsächlich zu, dass er mich küsste. Dann erst riss ich mich von ihm los und rannte aus dem Büro hinaus auf die Damentoilette. Dort blieb ich und versuchte zu verstehen, was gerade passiert war. Er hatte Alkohol getrunken, das hatte ich an seinem Atem gerochen. Aber ob er tatsächlich betrunken war, wusste ich nicht. Ich war damals so eine naive junge Frau, dass ich mit der Situation völlig überfordert war.
Ich traute mich nicht aus meinem Versteck und wusste nicht, was ich machen sollte. Ironischer weise war das damals genau dieselbe Toilette, auf der ich nun feststeckte. Als die Amerikaner später die Air Base aufgaben, übernahm meine jetzige Firma das Gelände und die gesamten Gebäude, die sich darauf befanden.

Nach einer endlos langen Wartezeit, wie mir schien, kam endlich eine Kollegin herein. Ich bat sie nachzusehen, ob mein Arbeitskollege noch in unserem Büro war. Als sie zurückkehrte teilte sie mir mit, dass sie ihn nicht finden konnte.

„Was ist los?"

wollte sie von mir wissen, aber ich schüttelte nur den Kopf. Ich war nicht in der Lage, über das Erlebte zu sprechen.

Und meinem damaligen Ehemann konnte ich es auch nicht erzählen, ich hatte Angst, dass er mir die Schuld daran geben würde. Unsere Ehe lief schon direkt nach unserer Hochzeit sehr schlecht, und ich hatte Angst vor seiner Reaktion. Er schlug mich schon für Dinge, die nicht so gravierend waren, wie ein Kuss mit einem anderen Mann. Heute ist das erste Mal, dass ich es überhaupt erwähne.

In Nacht nach dem Kuss Erlebnis schlief ich sehr schlecht, und am nächsten Morgen zitterte ich bei dem Gedanken, diesem Arbeitskollegen gegenüber treten zu müssen. Aber er kam wie sonst auch mit einem freundlichen Lächeln zur Tür hinein und tat so, als ob überhaupt nichts passiert wäre. Wir haben nicht ein einziges Mal darüber gesprochen. Mit der Zeit wurde ich ruhiger und konnte mit ihm umgehen, als ob es nie einen Kuss zwischen uns gegeben hätte.

In der heutigen Zeit mag man über diese Worte lächeln, aber für mich war es ein Ehebruch, für den ich zwar nichts konnte, der mich aber jahrelang belastete. Immer, wenn seine Frau ins Büro kam, um mit ihm zu sprechen oder ihn zum Mittagessen abzuholen, schaute ich nach unten. Ich hatte Angst, dass sie es mir ansehen könnte. Ja, ich war damals sehr naiv.

Ob der Alkohol vielleicht schuld daran war, dass mein Kollege das Vorkommnis am nächsten Morgen einfach vergessen zu haben schien?

Ein Geräusch ließ mich erkennen, dass ich mich immer noch auf dieser Toilette befand, nur etliche Jahrzehnte später.

Ob Herr Konrath-Klein heimlich trinkt, habe ich mich auch schon gefragt. Einmal, als ich nach der Arbeit nach Hause fuhr, fiel mir sein Auto auf einem Feldweg neben der Hauptstraße auf. Gerade als ich vorbeifuhr, trank Herr Konrath-Klein aus einer Flasche. Da kamen mir schon die ersten Gedanken, ob er wohl heimlich trank.

Einige Monate später rief er mich einmal von unterwegs an und bat mich, in seinem Aktenschrank in einem bestimmten Ordner nach einer Unterlage zu suchen. Er hatte sie vergessen und benötigte dringend Informationen aus diesen Unterlagen. Ich fand den besagten Ordner nicht sofort und als ich glaubte, den richtigen entdeckt zu haben, zog ich ihn heraus. Er war sehr leicht, was mich erstaunte doch noch mehr erstaunte es mich, dass es nur eine Attrappe war. Dahinter standen etliche Flaschen harten Alkohols.

Doch ich schob den Gedanken, dass er heimlich trank beiseite. Oft genug hatte er Besprechungen mit Bauleitern in seinem Büro, und dabei wurden ab und zu auch mal ein paar Gläschen Schnaps getrunken. Vielleicht war der Alkohol ja nur für diese Besprechungen gedacht, überlegte ich damals, aber nun, nachdem was ich jetzt gehört habe, bin ich mir da nicht mehr so sicher.

Kurze, zärtliche Kussgeräusche, dann ein wenig Stille und in diese Stille die Stimme der Frau, die mir bekannt vorkommt.

„Dann lass dich doch endlich scheiden und zieh mit mir zusammen. Was hält dich noch bei deinem Mann? Du hast mir doch gesagt, dass nichts mehr zwischen euch beiden läuft. Stimmt das etwa nicht?"

„Doch, doch. Aber ich muss auch an unsere Familien denken. Du weißt doch, dass das Haus, in dem wir wohnen von ihnen finanziert wurde. Ach, du, es ist alles so schwierig. Ich weiß auch nicht."

Wieder heftige Kussgeräusche.

„Ich muss gehen. Ruf mich in einer Stunde an und dann weiß ich, ob ich heute über Nacht dableibe. Wenn Frau Müller-Maierfeld nicht bald erscheint und meine Sachen tippt, muss ich wohl bis morgen bleiben."

„Das wäre toll, dann hätten wir eine ganze Nacht nur für uns."

Wieder Kussgeräusche, heftiges atmen und zärtliches Geflüster. Kurze Zeit später höre ich das Zuschlagen der Tür zum Flur.

Ich weiß jetzt wer die beiden sind. Wie Schuppen fällt es mir von den Augen. Die eine der Frauen ist Klaudia und die andere Carmen. Jetzt wundert es mich auch nicht, dass mir Carmen einmal erzählte, dass sie noch nie einen Freund hatte. Und Klaudia schien bisexuell veranlagt zu sein. Ob das eine gute Basis für eine Beziehung ist? Sicherlich wird eine Person sehr verletzt daraus hervorgehen, und ich befürchte insgeheim, dass es die sensible Carmen sein wird.

Für die beiden Frauen wäre es gut, wenn ich noch länger hier sitzen müsste, aber ich will hier raus. Da Herr Legemüller mir derart viel zum Schreiben hinterlassen hat, glaube ich bestimmt, dass Klaudia heute nicht nach Hause fahren kann.

Aber was ich da von Herrn Konrath-Klein gehört habe verwundert mich doch sehr. Dieser Mann ein heimlicher Schwerenöter? Ich kann mir das überhaupt nicht vorstellen. Wie kommt gerade er auf die Idee, sich einer viel jüngeren Frau zu nähern? Wenn er wenigstens noch gut aussehen würde, aber das tut er ganz bestimmt nicht, mit seinem dicken Bauch und den viel zu kurz geratenen Beinen. Außerdem ist sein Gesicht zu jeder Tageszeit hochrot angelaufen, und auf seinem Kopf kann man die Haare einzeln zählen. Doch, es soll ja Frauen geben, die auf Glatzen stehen. Nur ob gerade Klaudia so eine Frau ist, wage ich zu bezweifeln. Und außerdem ist er doch verheiratet!

‚Ob seine Frau etwas von seinen Eskapaden ahnt?'

Das werde ich nie erfahren, denn ich werde sie nie danach fragen.

‚Sind sie jetzt gegangen'?

Vorsichtig versuche ich zu hören, ob sich noch jemand mit mir im Raum befindet, aber es bleibt still.

Zuerst war mir das Flüstern total fremd, so, als ob ich die Stimmen noch nie zuvor gehört hätte. Doch als sie ihre Vorsicht vergaßen und lauter sprachen, erkannte ich Carmen und Klaudia. Der leichte Zigarettenduft, der jetzt im Raum hängt, bestätigt meinen Verdacht.

Deshalb also hatte Carmen noch nie einen Freund und ich bin im Nachhinein froh, sie nie nach ihm gefragt zu haben.

In meine Gedanken hinein höre ich, wie sich erneut die Tür zum Flur öffnet und weitere Personen herein kommen. Wieso habe ich diese Gelegenheit nicht genutzt und habe dieses unselige Örtchen endlich verlassen? Ich könnte jetzt an meinem Schreibtisch aus meiner Sprudelflasche mir ein Glas Wasser eingießen und es genüsslich trinken. Stattdessen sitze ich immer noch hier fest. Der Durst ist kaum noch auszuhalten.

An den Stimmen kann ich erkennen, dass sich nun Frau Häberlein und Frau Gründerling in dem Raum vor meinem Gefängnis befinden.

„Weißt du wo Lieschen ist?"
„Nein, ich wundere mich auch schon die ganze Zeit wo sie bleibt. Ist doch gar nicht ihre Art."
Frau Gründerlings ruhige Stimme beantwortet die Frage von Frau Häberlein.
„Ich würde es ihr so gönnen, wenn sie Ärger bekommt."

Noch nie hatte ich Frau Häberleins Stimme derart gehässig vernommen. Schon wieder jemand, der mir nichts Gutes wünscht.
‚Was habe ich ihr getan, dass sie so über mich spricht?'
Denke ich, als ich auch schon die Stimme von Frau Gründerling höre.

„Warum das denn?"

Ich stelle sie mir gerade vor mir, wie sie mit großen, ungläubigen Augen auf Frau Häberlein
schaut.

„Weiß nicht, ich mag sie nicht."

Frau Häberleins Stimme ist noch schriller als
sonst.

„Ich werde mir etwas ausdenken, um sie zu ärgern."

Gehässig lacht Frau Häberlein auf.

„Warum willst du das denn machen?"

Wieder diese leise, ungläubige Stimme von Frau
Gründerling.

„Ich liebe es, Menschen zu ärgern. Keine Bange,
nicht dich, dich mag ich. Aber für mich ist ein Tag
erst dann ein guter Tag, wenn ich jemanden ärgern und schikanieren konnte. Natürlich so, dass
sie nicht mitbekommt, dass ich dahinter stecke."

‚Wieder dieses hässliche Lachen.

‚Hatten wir uns da eine zweite Brummi ins Haus
geholt'?

Ich erschrecke bei diesem unglaublichen Gedanken.

„Und was willst du machen?"

Frau Gründerlings Stimme klingt noch leiser als
sonst.

„Nun, aber sage es bloß niemandem, ich habe
eben ein paar Briefe unseres Herrn Legemüller
aus dem Stapel auf ihrem Schreibtisch genom-

men und hab sie in den Abfalleimer in der Küche geworfen. Damit es keiner sieht, habe ich schmutzige Papierhandtücher darüber gelegt."

Ein noch hässlicheres Lachen folgt diesen Worten. Ich kann kaum glauben, was ich da höre.

„Aber das kannst du doch nicht machen."

Mit weinerlicher Stimme versucht Frau Gründerling die Aktion zu missbilligen.

„Doch, ich kann. Was meinst du, was ich in meiner alten Firma alles gemacht habe. Und keiner ist auf die Idee gekommen, dass ich dahinter stecke."

Wieder ein hässliches Lachen von Frau Häberlein.

Aber das, was sie gerade gesagt hatte, ist eine Lüge, denn ich weiß, dass Frau Häberlein aus ihrer alten Firma geflogen ist, dass ihr dort gekündigt wurde. Es wurde gemunkelt, dass sie dort andere Kollegen gemobbt hätte. Herr Pünktchen hatte sie nur eingestellt, weil sie von den vielen Mitbewerbern die meiste Erfahrung besaß. Und das war gerade auf der Position, die ausgeschrieben worden war, sehr wichtig.

„Ich werde ein Auge auf sie halten,"

hatte er den anderen Mitarbeitern der Abteilung versprochen, doch das wusste Frau Häberlein nicht. Ich nahm mir vor, ihm sofort von dem Gehörten zu berichten, sowie ich mich aus meiner misslichen Lage befreien kann.

‚Hoffentlich leert die Putzfrau den Mülleimer nicht, bevor ich ihn durchsuchen kann,'
dachte ich erschrocken.

‚Ich muss unbedingt mit Herrn Pünktchen sprechen.'

„Auch bei Herrn Konrath-Klein habe ich schon gegen Lieschen intrigiert."

Und erneut höre ich dieses gehässige Lachen von Frau Häberlein.

„Was hast du denn dieses Mal gemacht?"

„Aber nicht verraten!"

„Nein, nein, ich sage es keinem."

„Statt in ihr Kästchen, in das wir die Briefe legen, die sie für uns tippen soll, habe ich meinen einfach auf den Boden geworfen, als sie mal nicht im Büro war. Als zufällig gerade Herr Konrath-Klein herein kam, behauptete ich einfach, dass Lieschen ihn aus Wut auf den Boden geworfen hätte und sie sich weigert, meine Briefe zu tippen."

„Das hast du gemacht?"

„Ja, warum denn nicht?"

„Und Herr Konrath-Klein, was sagte er?"

„Nun, er meinte, dass er ja noch nicht ihr Chef ist, sondern Herr Legemüller. Aber sowie Herr Legemüller in Rente ist, wird er ein ernstes Wort

mit Lieschen reden. Da freue ich mich jetzt schon drauf." Und wehe Lieschen geht hin und petzt!"
‚Frau Häberlein drohte mir?‘
„Aber das tut sie doch überhaupt nicht, so schätze ich Frau Müller-Maierfeld nicht ein."
Frau Gründerling hört sich an, als ob sie weint.
„Und ich werde dafür sorgen, dass es auch so bleibt!"
Frau Häberleins gemeines Lachen füllt den Raum. Ich bin sprachlos. Am liebsten wäre ich sofort aus meinem Gefängnis ausgebrochen, aber ich fürchte mich vor ihrer Reaktion. So eine hinterhältige und intrigante Kollegin hatte ich noch nie. Ich kann es kaum erwarten, mit Herrn Pünktchen zu sprechen. So ein Verhalten kann einfach nicht geduldet werden. Sie glaubt, mir drohen zu können und damit auch noch durch zu kommen? Da hat sie sich aber gewaltig geirrt. Gut, dass ich diese Unterhaltung zwischen Frau Häberlein und Frau Gründerling mit angehört habe.

„Wie geht es deinem Mann?"
Frau Gründerling versucht wohl das heikle Thema zu wechseln.
„Wieder besser, leider."
„Wieso leider? Sei doch froh, dass es ihm wieder besser geht. Wie kannst du nur ‚leider‘ sagen?"

Frau Gründerlings Stimme klingt noch weinerlicher als sonst.

„Weil er mich anwidert, mein Gott, ich kann ihn nicht mehr ausstehen!"

„Warum bleibst du denn bei ihm, wenn er so schlimm ist? Warum lässt du dich nicht einfach von ihm scheiden?"

„So blöd müsste ich sein. Glaubst du, ich finde noch mal so einen Trottel, der alles für mich tut? Sogar den Bauernhof, auf dem wir leben, hat er extra für mich gekauft, damit ich endlich Pferde halten und reiten kann. Ohne sein Geld hätte ich das nie geschafft. Von so einem kann ich mich doch nicht scheiden lassen."

„Aber wie kannst du so leben, wenn du ihn so absolut nicht leiden kannst?"

„Mittlerweile geht es ja. Seitdem wir getrennte Schlafzimmer haben, nervt er mich wenigstens nachts nicht mehr. Nur ab und zu, wenn er Sex will, aber das schaffe ich auch noch."

„Was schaffst du auch noch?"

„Na, dass er dafür auch nicht mehr kommt. Ich kann mir keinen Mann vorstellen, der immer wieder kommt, wenn er auf Dauer um Sex betteln muss. Und wenn ich dann mal ja sage, ist es nur so eine Null-acht-fünfzehn-Nummer. Mehr bekommt er nicht, damit er endlich begreift, dass er mich in Ruhe lassen soll. Dabei will er mich auch noch küssen. Igitt!"

„Aber du kannst doch nicht glücklich sein in einer solchen Beziehung. So kann man doch nicht leben."

Ich versuche mir gerade die weit aufgerissenen, vollkommen verschreckten Augen von Frau Gründerling vorzustellen.

Ein hässliches Lachen von Frau Häberlein füllt den Raum.

„Selbstverständlich kann ich so leben. Ich hab doch einen Freund."

Absolute Stille folgt nach dieser Aussage. Frau Gründerling muss wohl einige Male schlucken, bis sie diese Aussage begriffen hat.

„Du hast einen Freund? Und wann triffst du dich mit ihm?"

„Na, zuhause natürlich. Er schläft nachts bei mir. Natürlich nicht jede Nacht, denn schließlich muss er arbeiten, und er wohnt etwas weiter weg."

„Und was sagt dein Mann dazu?"

„Was soll er denn schon sagen? Er soll bloß froh sein, dass ich überhaupt noch bei ihm bleibe."

Ich kann nicht begreifen, was Frau Häberlein gerade erzählt. Das kann doch wohl nicht alles wahr sein. Ich jedenfalls kenne keinen Mann der zulassen würde, dass sein Rivale in seinem eigenen Haus mit seiner eigenen Frau schläft, oder doch?

„Aber dein Mann muss doch dazu etwas gesagt haben?"

„Beim ersten Mal, als mein Freund und ich zusammen zum Frühstück erschienen, hat er erstaunt geblickt, aber ich habe ihm gleich gesagt, dass Wolfgang mein Freund ist, und dass er von nun an regelmäßig bei mir übernachtet."

„Und was hat dein Mann geantwortet?"

„Nichts, hat bloß doof geguckt, so wie immer. Der kann mir doch nichts sagen, der soll sich nur hüten. Das ist kein Mann, das ist ein Depp, verstehst du? Vor so einem kann ich doch keinen Respekt habe. Schon seine Mutter ist so mit ihm umgegangen, das ist er doch gewöhnt. Wehe er hat aufgemuckt, dann bekam er Schläge, auch noch in seinem Alter. Aber ich schlage ihn nicht, nein, so weit gehe ich nicht."

„Und was sagt seine Mutter dazu?"

„Die habe ich rausgeekelt, die kann sich nicht mehr einmischen. Wäre toll, wenn er wieder zu ihr zieht und ich den ganzen Hof für mich alleine haben könnte. Das ist mein Traum und das schaffe ich auch, wirst du schon sehen!"

Es ist auch schon ziemlich hart, was Frau Häberlein gerade erzählt hatte. Ob das wirklich alles so der Wahrheit entspricht? Oder will sie sich nur vor ihrer Arbeitskollegin hervortun? Doch ich glaube nicht, dass sich Frau Häberlein durch solche Worte positiv profiliert.

Mir hatte sie vor kurzem erst erzählt, dass sie ihre Schwiegermutter durch Intrigen aus ihrem gemeinsamen Haus vertrieben hatte. Sie war sogar stolz darauf gewesen und mir hatte es gezeigt, was für eine durchtriebene Person sie war, und ich war vor ihr gewarnt. Doch was ich eben gehört hatte, setzte allem noch eine Krone auf. Mit ihrem gerade mal 1,60 m ist sie so ein richtiger, kleiner Giftzwerg.

„Hast du einen Freund?"
Fragt Frau Häberlein gerade.
„Nein,"
ganz leise hatte Frau Gründerling geantwortet. Ich konnte es kaum verstehen und kann mir vorstellen, wie sie betreten nach unten schaut, so wie es ihre Art ist.
„Wie alt bist du?"
Die schneidende Stimme von Frau Häberlein kann ganz schön weh tun.
„Ich werde nächsten Monat 32."
„Hattest du schon einmal einen Freund?"
Eine Weile ist es still.
„Nun, hattest du schon?"
„Nein."
„Nein? Du willst mir doch nicht sagen, dass du noch nie einen Freund hattest?"

Ein hämisches Gelächter folgte den Worten von Frau Häberlein. Wieder ist es eine Weile still.

„Doch, das stimmt, ich hatte noch nie einen festen Freund. Ich bin zwar ab und zu mal mit Herren ausgegangen, aber nachdem ich sie das erste Mal mit nach Hause brachte, sind sie nie mehr wieder gekommen."

„Warum das denn nicht? Hast du sie verekelt? Stimmt was nicht mit deiner Wohnung?"

„Nein, nein, ich glaube das ist es nicht."

Wieder Stille.

„Weißt du, ich wohne noch zuhause, ich meine, bei meiner Mutti und meinem Papa."

Was dann folgt ist ein derart böses Gelächter von Frau Häberlein, das ich am liebsten zu ihr hingegangen wäre und sie geschüttelt hätte. Wie kann sie es wagen, ihre Kollegin derart böse auszulachen?

„Du wohnst noch bei Mami und Papi?"

Frau Häberlein prustet diese Worte in den Raum.

„Nein, bei Mutti und Papa."

Nun frage ich mich langsam wirklich, ob Frau Gründerling nur so naiv tut, oder ob sie es wirklich ist.

„Schließt du deshalb deine Bürotür immer von innen ab?"

„Ja, ist so eine Angewohnheit von mir. Wenn ich die Türe zuhause abgeschlossen habe, wissen meine Eltern, dass ich alleine sein will und stören mich nicht."

„Aber wieso wohnst du in deinem Alter noch bei deinen Eltern?"

„Ach, ich weiß nicht. Es ist dort so gemütlich und meine Mutti kocht für mich und wäscht und bügelt meine Kleider. Warum soll ich dort ausziehen? Ich wollte so lange bei ihnen wohnen bleiben, bis ich einen Mann habe. Dann erst wollte ich mir mit ihm eine eigene Wohnung suchen."

„Aber dann hast du doch überhaupt keine Privatsphäre. Wie willst du denn einen Mann richtig kennen lernen, wenn du noch mit deinen Eltern zusammen wohnst? Wo wollt ihr denn Sex haben? Im Zimmer neben dem Schlafzimmer deiner Eltern? Das macht doch heute kein Mann mehr mit."

Frau Gründerling scheint einen Moment zu überlegen.

„So einen Mann will ich auch nicht. Ich will noch als Jungfrau in die Ehe gehen. Das ist mir wichtig."

Wieder dieses hässliche Lachen von Frau Häberlein, das ich so überhaupt nicht mag.

„Du willst mir doch nicht weismachen, dass du noch Jungfrau bist, in deinem Alter?"

Ein noch hässlicheres Lachen folgt ihren Worten, und ich kann mir genau vorstellen, wie Frau Gründerling dieses höhnische Gelächter mit gesenktem Haupt über sich ergehen lässt. Sie antwortet nicht auf das unsägliche Gelächter, bleibt einfach stumm.

‚Was wohl gerade in ihr vorgeht?‘

Grüble ich in meinem Gefängnis. Wie gerne hätte ich ihr jetzt zur Seite gestanden, aber das geht nicht, ich hätte ihnen ja verraten, dass ich alles mit angehört hatte. Das wäre momentan, glaube ich, noch schlimmer für Frau Gründerling.

„Und du und deine Eltern teilen sich ein Badezimmer?"

„Ja, selbstverständlich. Die Wohnung ist nicht sehr groß. Wir haben nur ein Bad."

„Und du badest noch in der Wanne, in der deine Eltern auch baden?"

„Ja, sicher, wo denn sonst, und was ist so schlimm daran?"

„Habt ihr keine Dusche?"

„Nein, wieso?"

Also ich könnte das nicht, nicht in unserem Alter. Ich brauche ein Badezimmer ganz für mich alleine. Musste mein Mann mir nach meinem Einzug in sein Haus extra neu einbauen. Ich setze mich doch nicht in eine Wanne, die mein Mann zuvor benutzt hat, auf keinen Fall!"

Das glaube ich nach allem was ich jetzt so gehört habe, Frau Häberlein aufs Wort.

„Aber ihr seid doch verheiratet, da kann man sich doch eine Badewanne teilen, was ist denn daran so schlimm?"

„Was so schlimm daran ist, fragst du? Hast du noch immer nicht begriffen, dass ich vor diesem Kerl ekle, dass er mir sowas von zuwider ist? Wenn er nachts an meiner Tür bettelt und um Sex fleht, könnte ich mich übergeben."

„War das schon immer so?"

„Nein, nicht gleich am Anfang unserer Ehe, aber mit der Zeit wurde es immer schlimmer. Er kommt vom Stall in die Küche und will etwas zu essen haben, da muss man sich doch ekeln, oder nicht?"

„Das gilt auch für meine Eltern. Ich könnte mich doch nicht in eine Badewanne setzen, in der vorher mein Vater saß, da würde mir ja schlecht."

Das laute, hämische Gelächter von Frau Häberlein erfüllt den Raum und will einfach nicht enden.

Wie beschämend für die etwas einfältige Frau Gründerling.

Da fällt mir ein, dass ich einmal zu Frau Gründerling ins Büro musste, und dass ich sie dort mit einer Bibel in der Hand angetroffen hatte. Sie hatte anscheinend vergessen, ihre Bürotür von innen zu verschließen, und es war ihr sichtlich

peinlich, dass ich sie bei ihrer Bibellektüre während der Arbeitszeit erwischt hatte.
„Statt einer Frühstückspause,"
versuchte sie sich schnell zu entschuldigen. Jetzt verstand ich auch eher, warum sie sich täglich einsperrte, was natürlich schon zu einigen mehr oder minder freundlichen Bemerkungen der Kollegen geführt hatte.

Kapitel 7

Die Tür fällt zu und ich fahre erschreckt zusammen, denn ich hatte nicht mitbekommen, dass Frau Häberlein und Frau Gründerling die Toilette verlassen hatten. Doch kaum sind die beiden weg, füllt sich der Raum erneut. Während der Unterhaltung von Frau Häberlein und Frau Gründerling hatte ich meinen Durst total vergessen, doch jetzt meldet er sich umso stärker zurück. Ich muss unbedingt etwas trinken.

Brummi ist zurück und mit ihr sind auch Trixie und Sandra wieder da.
„Erzähl schon Brummi. Mach es nicht so spannend."
Trixies Stimme überschlägt sich fast vor Neugierde.
„Ja, komm mach schon, ich muss bald nach Hause."
‚Was heißt bald nach Hause? Sandra arbeitet doch bis mittags. Wie viel Uhr ist es denn jetzt? Wie spät mag es wohl sein'?

Mir wird richtig übel bei dem Gedanken, dass ich womöglich schon seit Stunden hier fest sitze und Herr Legemüller immer wütender wird.

„Ja, ich weiß ja nicht wie viel an der Sache dran ist, aber so viel habe ich eben mitbekommen, dass unser Geschäftsführer Spengelmann heute Morgen einen schweren Autounfall verursacht hat."

„Um Gottes Willen. Ist er verletzt?"

Sandra klingt echt erschrocken.

„Nein, ich glaube er hat nur ein paar Schrammen. Aber die Insassen des anderen Autos sind schwer verletzt."

Insassen des anderen Autos? Bisher dachte ich, dass es nur eine Person im Auto befand, nämlich der Fahrer. Das wäre schlimm, wenn bei dem Unfall noch mehr Menschen verletzt worden wären.

„Die Türe zum Flur wird auf und wieder zu gemacht und es herrscht für einen kleinen Moment Stille, die unterbrochen wird von einer Stimme, die ich nicht zuordnen kann.

„Ist hier eine kleine Versammlung?"

„Nein, nein,"

versichert Brummi schnell.

„Wir haben uns nur zufällig hier getroffen."

Die Tür zur Toilette neben mir wird geöffnet und während die unbekannte Frau das tut, was man normalerweise auf einer Toilette macht, herrscht weiterhin Stille im Raum. Ich kenne die Stimme dieser unbekannten Person, aber ich weiß einfach nicht, wo ich sie schon einmal gehört habe. Das mag ich nicht. Ich weiß, es wird mich so lange verfolgen, bis ich heraus bekommen habe, wer sich hinter dieser Stimme verbirgt.

Ein Hüsteln im Raum deutet an, dass Brummi, Trixie und Sandra noch immer da sind und augenscheinlich nur darauf warten, dass die mir unbekannte Person den Raum verlässt. Die Spülung neben mir deutet an, dass es nicht mehr allzu lange dauert, bis es soweit ist. Kaum hat die Unbekannte ihre Hände gewaschen und den stillen Ort verlassen, fährt Brummi auch schon eifrig in ihrer Geschichte fort:

„Also, als ich eben an der Tür von Barbara vorbeiging habe ich gehört, wie sie am Telefon jemand erzählte, dass Kurt-Heinrich, der Geschäftsführer, heute Morgen angeblich einen schweren Unfall verursacht hat."

„Der Kurt-Heinrich war schuld?"

Trixie klingt erschrocken.

„Ich weiß nicht, das hat Barbara gesagt."

Brummi sehr darauf bedacht, die Aussage, die sie soeben gemacht hatte, auf Andere zu schieben.

„Konntest du sonst noch etwas hören?"

Auch Sandra will mehr wissen.

Wieder wird Brummi unterbrochen. Dieses Mal klingelt wohl ihr Handy. Dass es ihr mobiles Telefon ist bekomme ich auch nur mit, weil sie es beantwortet.
„Ja, ist gut,"
höre ich sie sagen.
„Ich bin gleich zurück. Ich musste so lange in der Geschäftsleitung warten. Barbara hatte die Unterlagen noch nicht fertig. Bis gleich."
Es konnte nicht wahr sein. Da schob Brummi ihre lange Aufenthaltszeit in unserem Gebäude einfach auf die Chefsekretärin. Die kann ich zwar auch nicht besonders gut leiden, aber ihr die Schuld für mein eigenes Versäumnis in die Schuhe zu schieben, so etwas würde ich nie machen.
„Brummi, bitte erzähl doch weiter. Was weißt du noch?"
Sandra bettelt darum, noch mehr von dem Unfall zu erfahren, aber Brummi beendet die Unterredung.
„Du hast doch gehört. Ich muss sofort zurück. Mein Chef wartet auf die Unterlagen. Bis später."
Die Tür zum Flur wird zu geworfen und dem lauten Krach nach zu urteilen, ist Brummi gegangen.

Für einen Moment herrscht vollkommene Stille, dann höre ich wieder Trixies Stimme:

„Ich habe vorhin, als ich auf dem Weg ins Büro war, Barbara bei Martha im Büro gesehen. Gerade als ich an der Tür vorbei ging, habe ich gehört, wie Barbara zu Martha sagte:

„Ich soll für ihn lügen."

„Wie, das verstehe ich jetzt nicht. Du sollst für ihn lügen? Warum das denn?"

„Ach, Sandra, ich doch nicht. Barbara sagte zu Martha, dass sie, Barbara, für ihn lügen soll."

„Wie? Für wen soll sie lügen?"

„Sandra, das weiß ich doch nicht. Ich habe zuerst nicht weiter darüber nachgedacht. Aber vielleicht hat es ja irgendetwas mit dem Unfall zu tun."

Und schon wieder werden Vermutungen zu Wahrscheinlichkeiten. Aber in diesem Falle, so werde ich später noch erfahren, werden tatsächlich Wahrscheinlichkeiten zu Wahrheiten.

„Dann habe ich noch gehört, wie Martha zu Barbara sagte, sie soll still sein, denn sie will damit nichts zu tun haben."

„Mit was nichts zu tun haben, Trixie?"

Hatte ich schon erwähnt, dass ich Sandra nicht für sehr intelligent halte? Ich glaube schon, aber ich will das nur noch einmal bekräftigen.

„Sandra,"

ruft Trixie verzweifelt aus.

„Manchmal bist du aber wirklich schwer von Begriff."

‚Ach Trixie,'

denke ich,

‚du hast ja so recht.'

„Ja, aber ich verstehe das jetzt nicht, Trixie. Mit was will Martha nichts zu tun haben?"

„Sandra, ich habe dir doch gerade erzählt, dass Barbara bei Martha im Büro gesagt hat, dass sie für ihren Chef, den Herrn Spengelmann, lügen soll."

„Ach so. Jetzt begreife ich was du meinst. Und was hat Barbara geantwortet?"

„Das konnte ich nicht mehr hören, Sandra. Da war ich leider schon zu weit weg."

„Schade. Das würde mich jetzt brennend interessieren. Komm wir müssen zurück ins Büro. Ich muss noch vor Feierabend etwas erledigen."

„Ist gut Sandra. Ich habe auch noch zu tun."

Ich glaube, ich hatte schon erwähnt, dass weder Sandra noch Trixie von der Natur mit besonderen geistigen Fähigkeiten ausgestattet wurden, aber hier könnten ihre Logik und ihre Schlussfolgerungen ausnahmsweise einmal stimmen.

‚Jetzt aber nichts wie hier raus,'

denke ich. Doch als ich versuche aufzustehen, ist der Schmerz in meinem linken Bein so stark, dass ich mit einem Schrei wieder auf die Toilettenbrille zurückfalle. Um Gottes Willen, was ist das denn? Mein linkes Bein, das augenscheinlich komplett eingeschlafen ist, wollte wohl aufwachen und hat das durch einen durchdringenden, scharfen Schmerz kund getan. So, als ob es gerade von einem Messer durchstochen würde.

Was soll ich jetzt machen? Zuerst versuche ich das Bein sanft von unten nach oben zu massieren, aber da ich eine Hose trage, massiere ich eher die Hose, als mein Bein. Mir bleibt nichts anderes übrig, als die Hose zu öffnen und mein linkes Bein zu befreien. Leichter gesagt als getan, da ich immer noch darauf bedacht bin, dass die Hose nicht auf dem Boden aufkommt.

Während ich mich abquäle, um mein linkes Bein von der Hose zu befreien, ohne es groß zu bewegen, betritt auch schon die nächste Besucherin den Raum. Soll ich sie um Hilfe bitten? Doch was soll ich ihr sagen? Meine Fragen bleiben unbeantwortet, bevor ich sie stellen kann. Denn sofort nach der ersten Person betritt eine weitere den Raum.

„So, jetzt erkläre mir das noch einmal so, dass ich es verstehen kann, Martha. Wieso willst du nicht in die Sache mit dem Unfall verwickelt werden? Ich denke, du bist meine Freundin?"

Wütend schreit Barbara diese Frage der anderen, für mich vollkommen unsichtbaren Person entgegen.

„Das stimmt, Barbara. Ich bin deine Freundin, aber du kannst mich nicht in etwas Unrechtsmäßiges hineinziehen. Das lasse ich nicht zu."
Es ist Martha, meine ehemals beste Freundin, die sich mit Barbara im Raum befindet.

„Aber ich muss doch jemanden haben, mit dem ich reden und den ich um Rat bitten kann in dieser Angelegenheit."

„Du musst schon alleine wissen, was du machen sollst. Halte mich da bitte raus."

Nach diesen kühlen Worten wird die Tür zum Flur geöffnet und sofort wieder geschlossen.
„So ein Biest,"
schnaubt Barbara.

„Das werde ich mir merken. Warte nur Martha. Du wirst schon sehen, wer hier am längeren Hebel sitzt. Vielleicht sollte ich ja mal in der Firma durchblicken lassen, wie es um deine Ehe steht. Dann trägst du deine Nase bestimmt nicht mehr so hoch wie jetzt."
Kaum sind die letzten Worte von Barbara ausgesprochen fällt die Tür zum Flur mit einem lauten Knall zu.

Wieder bin ich alleine und fange jetzt selbst an, darüber nachzudenken, was mit unserem Geschäftsführer passiert ist.

‚Warum soll Barbara für ihn lügen? Was hat er zu verbergen'?

Eine kleine Genugtuung macht sich außerdem in mir breit. Jetzt hat auch Barbara zu spüren bekommen, wie egoistisch Martha ist. Sogar mich, ihre ehemals beste Freundin hat sie der Karriere wegen geopfert. Sie denkt nur an sich.

Aber was sollten die laut ausgesprochenen Gedanken von Barbara bedeuten? Marthas Ehe in einer Krise? Sollten die Gerüchte doch stimmen, die man immer wieder hört? Das kann ich mir kaum vorstellen. Aber wenn doch? Martha ist sehr religiös und eine Scheidung käme für sie bestimmt nicht in Frage. Ich ertappe mich dabei, dass Martha mir leid tut und ich gerne mit ihr gesprochen hätte. Ihr ein wenig Trost gespendet.

Ich bin geschieden und weiß aus eigener Erfahrung, was für eine schlimme Zeit man durchstehen muss, bis alles geregelt ist und man wieder ein normales Leben danach führen kann. Doch ich verwerfe diesen Gedanken sofort wieder. Martha hat mich zu sehr enttäuscht. Mich, ihre ehemals beste Freundin, hat sie des Jobs wegen fallen lassen und mich damit sehr verletzt. Nein, ich kann und will ihr nicht helfen. Oder vielleicht doch? Aber nur, wenn sie mich darum bittet. Dann natürlich sofort.

Während meine Gedanken um Martha kreisen, ist es mir mittlerweile gelungen, mein linkes Hosenbein auszuziehen. Dabei habe ich den Boden des Raumes nicht mit dem Stoff der Hose berührt. Ich hoffe es zumindest und massiere jetzt erst einmal sanft meine linke Wade, immer von unten nach oben. Ich habe einmal gelesen, dass man das so machen soll. Niemals von oben nach unten, das wäre nicht gut für den Kreislauf. Aber ich spüre nichts, was mich erschrickt. Vorsichtig kneife ich die Wade und spüre immer noch nichts.

Langsam bekomme ich es mit der Angst zu tun. Was ist nur mit meinem linken Bein los? Warum spüre ich es nicht mehr? Was ist, wenn es abgestorben ist? Aber sofort rufe ich mich wieder auf den Boden der Tatsachen zurück. So schnell stirbt kein Bein ab. Ich muss einfach weiter versuchen, die Durchblutung anzuregen und so massiere ich jetzt schon etwas kräftiger. Gerne würde ich mit beiden Händen zufassen, aber da ich auf keinen Fall will, dass das linke Hosenbein auf den Boden rutscht, muss ich es mit der rechten Hand fest halten.

Wie spät mag es jetzt wohl sein? Mein Hungergefühl verstärkt sich zunehmend und mein Durst
ist kaum noch auszuhalten. Aber mein Bein reagiert nicht auf meine Massagebemühungen. Soll
ich noch einmal versuchen aufzustehen? Vielleicht trägt es mich ja jetzt? Aber die Angst, plötzlich auf den Boden zu gleiten, hält mich davon
ab. Erst muss das Bein auf meine verzweifelten
Massageversuche reagieren. Aus Erfahrung
weiß ich, dass, wenn sich ein leichtes Kribbeln
bemerkbar macht, die Durchblutung wieder anfängt.

Wie sollte es auch anders sein, die Tür vom Flur
zur Toilette öffnet sich erneut. Ich weiß nicht, wer
jetzt herein gekommen ist. Leichte Geräusche
sind zu hören und dann, ohne Vorwarnung ein,
um es einmal in der Kindersprache auszudrü-
cken, damit es nicht gar so schrecklich klingt, ein
lauter, nicht endend wollender Pupser, der nur
durch ein lautes, befreiendes Seufzen begleitet
wird.
‚Oh mein Gott,'
denke ich erschrocken.
‚Wer hat sich denn jetzt so erleichtert und warum
macht Diejenige nicht das Fenster auf'?
Es fängt an, ganz erbärmlich zu stinken.
‚Wer kann sich denn in einem solchen Duft wohl-
fühlen'?

Ich halte mir mit der Hand die Nase zu. Gott sei Dank, die Tür zum Flur wird geöffnet. Mit einem
„Mein Gott, wie das hier stinkt,"
betritt Laura den Raum.
„Brummi, warst du das?"
„Nein,"
lügt Brummi schamlos.
„Das hat schon so gestunken, als ich hier herein kam."
„Und warum machst du dann nicht das Fenster auf?"
Mit einem lauten Geräusch, an dem man erkennen kann, wie wütend Laura ist, öffnet diese das Fenster.

‚Wie kann Brummi nur so lügen'?
denke ich in meinem Gefängnis. Aber es passt zu ihr und zu dem, was ich von ihr halte.
„Hast du Lieschen gesehen?"
„Nein Laura, warum?"
„Der Herr Legemüller hat bei uns angerufen, ob Lieschen da wäre. Er sucht sie überall. Sie ist einfach verschwunden, ohne Herrn Pünktchen Bescheid zu sagen. Herr Legemüller ist so etwas von wütend. Das arme Lieschen, ich möchte nicht in ihrer Haut stecken, wenn er morgen von seiner Dienstreise zurückkommt."
‚Mein Gott,'
denke ich erschrocken.

‚Ich auch nicht.'

„Ich gönne es ihr aus ganzem Herzen."

Brummis Stimme klingt sehr zufrieden.

„Warum? Was hast du nur gegen Lieschen? Ich finde sie sehr nett und hilfsbereit."

‚Vielen Dank Laura. Ich mag dich auch.' Es gibt mir ein gutes Gefühl zu wissen, dass Laura mich mag.

„Das ist eine Sache zwischen Lieschen und mir. Da möchte ich jetzt nicht näher drauf eingehen. Aber ich gönne ihr jeden Ärger, glaube mir das. Du wirst sie auch noch kennen lernen, Laura. Wirst schon sehen, was euer Lieschen für eine falsche Schlange ist. Jetzt muss ich aber weg. Tschüss Laura."

Jetzt hetzt Brummi sogar noch gegen mich. Gut, dass ich das selbst mit angehört habe. Ich werde sie wohl zu gegebener Zeit einmal darauf ansprechen. Ob Laura ihr glaubt? Selbst wenn Laura Brummi nicht glauben sollte, wird sie doch, wohl oder übel, darüber nachdenken. Das Saatkorn ist gelegt, nun muss es nur noch aufgehen. Und ob es aufgeht, hängt jetzt von Laura ab. Entweder sie vergisst, was Brummi gesagt hat, oder sie verbreitet es, und dann ist der nächste Tratsch geboren. Ich muss wohl abwarten und sehen was passiert.

Ich mag Brummi nicht. Sie ist so falsch, hinterhältig und gemein. Mit Brummi ist auch ein Teil des Gestankes, den sie verursacht und trotzdem verleugnet hat, aus dem Raum verschwunden. Ob die Eltern von Brummi schon bei der Namensvergabe wussten, was für eine Schlange sie da vor sich hatten?

,Brunilla, wer nennt sein Kind denn schon Brunilla'?

Obwohl, ich much mich da doch wohl etwas zurück nehmen, denn meiner Meinung nach hatte meine Mutter bei der Vergabe meines Vornamens Lieschen auch keine besonders gute Wahl getroffen. Keine Ahnung, was sie an diesem Namen schön fand. Mein Vater fand sowieso alles schön, was meiner Mutter gefiel, und ich war viel zu klein, um mich dagegen wehren zu können.

,Ob Laura noch da ist'?

Ich höre nichts mehr, aber das hat keine Bedeutung, wie ich ja bereits mehrfach erfahren habe.

Warum ich gerade in diesem Moment an eine Begebenheit erinnert werde, die ich bis heute noch nicht richtig begreife, weiß ich nicht. Vielleicht ist es die Boshaftigkeit und Falschheit von Brunilla, die mich an diese Episode erinnert. Wie so oft hatten wir in unserer Abteilung einen Kollegen, den das Arbeitsamt uns für sechs Monate geschickt hatte, einen sogenannten Praktikanten.

Dieser Praktikant, um den es hier ging, heißt Klausberger, Harald Klausberger. Er war schon Anfang 30 und ein ‚ewiger Student.' Während seines langjährigen Studiums hatte er mehrmals seine Studienfächer gewechselt und zu diesem Zeitpunkt hatte er beschlossen, Ingenieurwesen zu studieren. Eines Morgens kam er zu mir und fragte mich, ob ich ihm einen Einhundert-Euroschein wechseln könnte. Zufällig hatte ich, bevor ich zur Arbeit fuhr, mein Geld gezählt, da ich nach der Arbeit noch einkaufen fahren wollte.

„Ja, das kann ich, Herr Klausberger,"
antwortete ich freundlich.

Ich holte meine Tasche und entnahm meinen Geldbeutel. Sofort nachdem ich Herrn Klausberger das Wechselgeld überreicht hatte, verursachte er ein Chaos, indem er alle Scheine auf meinen Schreibtisch fallen ließ. Wir sortierten die Scheine und wieder ließ er sie fallen. Das ging noch einige Male so hin und her, bis er sie endlich zusammen hatte.

Erst am selben Abend, als ich an der Kasse des Supermarktes stand und die von mir gekaufte Ware bezahlen wollte, merkte ich, dass mein Geldbeutel leer war. Herr Klausberger hatte alle Scheine eingesteckt, und mir war das in dem entstandenen Wirrwarr nicht aufgefallen. Ich war wütend, denn mir war sofort klar, dass Herr Klausberger das mit Absicht gemacht hatte. Sicher, als Student verdiente er kein Geld, aber jemanden, der ihm eigentlich nur helfen wollte, so zu betrügen, das war nicht gut. Das war infam.

In dieser Nacht schlief ich sehr schlecht und gleich am nächsten Morgen wollte ich ihn zur Rede stellen. Als ich unser Gebäude betrat kam mir Herr Klausberger entgegen.
„Guten Morgen Frau Müller-Maierfeld, gut geschlafen?"
Freundlich wie immer begrüßte er mich, so als ob nichts geschehen wäre.
„Guten Morgen Herr Klausberger. Nein, ich habe nicht besonders gut geschlafen. Ich hatte Ihnen doch gestern Morgen einen Einhundert-Euroschein gewechselt, und,"
noch während ich weitersprach, lief das das Gesicht des Herrn Klausberger tiefrot an, und bevor ich meinen Satz beenden konnte, griff er in seine Hosentasche und überreichte mir wortlos den Einhundert-Euroschein. Sofort danach verschwand er hinter der Tür der Männertoilette, vor der diese Unterhaltung stattgefunden hatte. Danach ging er mir, so gut es eben in einer Abteilung geht, aus dem Weg.
‚Er hätte das Geld einfach behalten, wenn es mir nicht aufgefallen wäre,'
dachte ich in diesem Moment erstaunt.
‚Er hat es extra gemacht.'

Diese Erkenntnis traf mich wie ein Blitzschlag. Er fragte mich nie wieder, ob ich ihm Geld wechseln könnte, und ehrlich gesagt, ich hätte es auch nie wieder getan.

Meine Gedanken kehren zurück zur Gegenwart. Ob ich es jetzt wagen kann, mein unbequemes Gefängnis zu verlassen? Es ist sehr still und es scheint tatsächlich so, als ob ich endlich alleine wäre. Immer noch auf der Toilette sitzend, bemühe ich mich vorsichtig, mein linkes Hosenbein wieder anzuziehen, was mir auch gelingt. Anschließend versuche ich erneut von meiner unbequemen Sitzgelegenheit aufzustehen, ohne meine Hose zu verlieren und ohne hin zu fallen. Das ist schwieriger als gedacht, denn ich muss die Hose mit der einen Hand festhalten. Mit der anderen Hand stütze ich mich an der glatten Wand der Toilettenkabine ab. Vorher habe ich mir die Wand genau angesehen und festgestellt, dass unsere Putzfrau auch dort gute Arbeit leistet. Sie glänzt und kein Schmutz ist zu erkennen. Doch bevor ich die mühselige Aufgabe des Aufstehens aufnehmen kann, öffnet sich erneut die Tür zum Flur.

„Frau Müller-Maierfeld, Hallo, Frau Müller-Maierfeld. Sind Sie hier drin?"
Bevor ich erleichtert

„Ja,"

rufen kann, antwortet Laura, die sich offensichtlich doch noch in dem Raum befindet.

„Nein, Kurt. Frau Müller-Maierfeld ist nicht hier drin."

„Danke Laura, dann muss ich sie woanders suchen. Herr Legemüller sucht sie nämlich dringend. Er tobt."

Mir wird schlecht, denn wenn Herr Legemüller in Berlin tobt, weil ich nicht zu finden bin, dann Gnade mir Gott, wenn er zurückkommt. Ich darf gar nicht daran denken.

Die Tür fällt ins Schloss, wird aber kurz darauf wieder geöffnet.

„Danke Laura, dass du auf mich gewartet hast. Was wollte denn Kurt hier drin?"

„Helen, er war doch nicht hier drin."

„Aber ich habe ihn doch gerade hier rauskommen gesehen, Laura."

„Er stand nur in der Tür und hat gefragt, ob Lieschen hier ist."

„Was will er denn von Lieschen?"

Noch nie habe ich Helen so aufgeregt gehört.

„Helen, jetzt beruhige dich. Er ist nur auf der Suche nach Lieschen, weil Herr Legemüller nach ihr fragt. Da sich Herr Legemüller aber, wie du weißt, nicht im Hause befindet, sucht Kurt nach ihr."

„Aber wieso gerade Kurt? Er arbeitet doch bei uns im Gebäude. Wieso ist er immer bei diesem Lieschen zu finden?"

„Helen, bist du etwa eifersüchtig?"

„Ich? Warum soll ich eifersüchtig sein. Wie kommst du darauf?"

„Normal ist es jedenfalls nicht Helen, so wie du reagierst. Komm sei doch ehrlich. Ich weiß doch, dass du in Kurt verliebt bist. Mir brauchst du nichts vorzuspielen."

„Aber er sieht mich noch nicht einmal an, Laura."

„Du musst ihm etwas Zeit geben, Helen. Du weißt doch, dass seine Scheidung noch nicht so lange vorbei ist."

„Ja, ich weiß. Aber trotzdem ärgert es mich, wenn ich sehe, dass er so oft bei Lieschen ist."

Es stimmt. Kurt ist oft bei mir und ich genieße seine Nähe und die Gespräche mit ihm. Aber mehr ist da wirklich nicht, und dass er schon eine neue Freundin hat, muss er Helen selbst sagen. Es ist nicht meine Angelegenheit, ihr die Augen zu öffnen. Arme Helen. Ich mag sie und kann mir nun vorstellen, wie schwer es sie treffen wird, wenn sie davon erfährt.

In meine Überlegungen hinein platzen Trixie und Julia. Mit einem lauten Lachen haben sie die Tür zu unserem Toilettenraum aufgerissen.

„Hallo ihr beiden Süßen."

Wie immer begrüßt Trixie mit überschwänglicher Freude die beiden jungen Frauen, die sich gerade über Kurt unterhielten.

„Wie geht es euch? Ist das Wetter nicht herrlich? Und wir müssen hier drin sein und arbeiten. Das ist doch nicht fair, oder?"

Trixie ist nicht zu bremsen.

„Hallo,"

kommt es wie aus einem Mund von Helen und Laura zurück.

„Ich habe noch gar nicht bemerkt, dass die Sonne scheint."

Helens Stimme klingt traurig, aber Trixie, wie immer, bemerkt es nicht.

„Du hast es noch nicht bemerkt? Aber wie kann man denn diesen wunderschönen Sonnenschein nicht bemerken, Helen?"

„Ich habe vielleicht zu viel zu tun,"

antwortet sie leise.

„Wir müssen gehen, es ist Zeit. Tschüss."

Wieder höre ich, wie sich die Tür zum Flur öffnet und kurz danach wieder schließt. Ich vermute, dass Helen und Laura gegangen sind, weiß es aber nicht, da ich immer noch nicht durch Wände hindurchsehen kann.

„So Trixie, jetzt erzähl mal, was angeblich so wichtig ist."

„Ach Julia, wenn du nur wüsstest."

„Ja, wenn du mir nichts sagst, werde ich es niemals erfahren. Nun mach schon und spann mich nicht so auf die Folter. Du weißt, ich kann das nicht leiden."

Eine kleine Pause und dann bricht es aus Trixie hinaus:

„Ich glaube ich bin schwanger."

Wieder entsteht eine kleine Pause, in der man eine Stecknadel hätte hören können, wäre sie auf den Boden gefallen.

„Aber wie kommt das denn?"

Die Stimme von Julia klingt erschrocken, erstaunt und ungläubig in einem.

„Du weißt doch, dass Karl-Heinz auf keinen Fall jetzt schon ein Kind will."

(Karl-Heinz ist übrigens der Verlobte von Trixie.)

„Ich weiß Julia."

Trixie ist auf einmal sehr kleinlaut.

„Aber ich will ein Kind. Zählt das überhaupt nicht? Nur immer was Karl-Heinz will."

Trixie hört sich an wie ein bockiges kleines Kind, dem man gerade sein Spielzeug weggenommen hat.

„Aber Trixie, Karl-Heinz hat doch recht. Wartet doch noch ein bisschen, wenigstens bis ihr geheiratet habt und das Haus fertig ist."

Ich wusste überhaupt nicht, dass Trixie und ihr Verlobter sich ein Haus bauen. Das ist mir neu. Sonst erzählt Trixie doch immer alles.

„Wieso glaubst du denn, dass du schwanger bist? Hast du schon einen Schwangerschaftstest gemacht?"

„Nein Julia, noch nicht. Ich habe Angst, was dabei herauskommt. Und ich habe Angst vor dem, was Karl-Heinz sagen wird, falls der Test positiv ausfällt."

„Das geschieht dir recht, Trixie. Das hättest du dir früher überlegen sollen. Jetzt ist es vielleicht zu spät."

„Und was soll ich jetzt machen?"

Trixies Aufschrei erschreckt mich. So kleinlaut und ängstlich habe ich sie noch nie erlebt oder gehört.

„Wir fahren gleich in der Mittagspause nach Horsen in die Apotheke und kaufen einen Schwangerschaftstest. Dann werden wir es sehen."

„Ach Julia, jetzt habe ich solche Angst."

„Ja, ja. Das nächste Mal überlegst du erst, bevor du handelst. Wie oft habe ich es dir schon gesagt, und wie oft hast du nicht danach gehandelt und dich dann bei mir ausgeweint? Hast du mal darüber nachgedacht?"

„Nein Julia. Aber ich verspreche dir, wenn der Test negativ ist, werde ich in Zukunft besser nachdenken und auf dich hören. Aber weißt du,

Julia. Ich hätte so gerne ein Baby. Karl-Heinz hat gesagt, irgendwann werden wir uns ein Kind leisten können. Aber Julia, ich will jetzt ein Kind und nicht irgendwann."
Ein lauter Seufzer entfuhr Trixie nach diesen Worten.

Typisch Trixie. Nicht an die Konsequenzen denken sondern nur an das, was sie will, wie sie es will und wann sie es will. Gut, dass sie eine ältere Freundin hat, die ein wenig auf sie aufpasst.
„Wenn du nichts dagegen hast, Trixie, könnten wir eigentlich schon jetzt fahren. Es sind ja nur noch ein paar Minuten bis zur Mittagszeit."
‚Was?'
hätte ich jetzt am liebsten laut geschrien.
‚Es ist schon fast Mittag? So lange sitze ich jetzt auf dieser Toilette und komme nicht heraus?'
Kein Wunder, dass sich die Kollegen Sorgen um mich machen und mein verehrter Herr Legemüller derart wütend auf mich ist.
„Ich hole nur noch schnell meine Tasche, dann können wir losfahren."
„Ist gut Trixie. Ich muss meine auch noch holen. Mit welchem Auto sollen wir fahren?"
„Ich glaube es ist besser, wenn du fährst, Julia. Ich bin im Moment einfach zu aufgeregt."

„Na Gott sei Dank, dein Gehirn arbeitet wenigstens noch ein wenig. Du hast recht Trixie. Ich werde fahren. Du bist mir viel zu nervös."

Erneut höre ich, wie sich die Tür zum Flur öffnet und wieder schließt.

Schon fast Mittag. Das bedeutet, dass ich seit ungefähr drei Stunden auf dieser Toilette sitze und nicht heraus kann. Mein Durst ist mittlerweile quälend und ich halte es kaum noch aus. Vorsichtig bewege ich mein linkes Bein. Es fühlt sich an, als ob es von tausenden von Nadelstichen durchstochen würde, sowie ich es bewege. Mir entfährt ein lauter Schrei. Wenigstens spüre ich etwas. Ein gutes Zeichen. Aber wie nur soll ich hier rauskommen? Langsam versuche ich, mich aufzustellen. Erst belaste ich mein rechtes Bein, das noch nicht eingeschlafen ist und stelle mich mit meinem ganzen Körpergewicht darauf.
‚Ich muss unbedingt abnehmen,‘
durchfährt es mich.
‚Ich bin ja viel zu schwer.‘

Langsam lasse ich mich wieder auf den Toilettensitz zurück sinken. Verzweifelt schiebe ich meine linke Hand unter den Oberschenkel meines linken Beines und versuche gleichzeitig, den Druck meines linken Fußes auf den Fußboden des Toilettenraumes zu verstärken. Wieder durchfahren Tausende von Nadelstichen mein linkes Bein und wieder entfährt mir ein lauter Schmerzensschrei.

‚Wie nur schaffe ich es, aufzustehen'?

Ich muss, ob ich will oder nicht, es weiter versuchen. Egal wie weh es tut. Das ist die einzige Möglichkeit, meinem Gefängnis zu entrinnen.

Aber erst einmal ruhe ich mich ein wenig aus. Der Gedanke an die schlimmen Schmerzen entmutigt mich. Aber ich weiß gleichzeitig, dass sie mir signalisieren, dass mein linkes Bein wieder durchblutet wird. Das gibt mir Hoffnung, und sofort starte ich einen neuen Versuch, mich von der Toilette zu erheben. Aber es bleibt vorläufig bei diesem Versuch, denn schon wieder öffnet sich die Tür, die zum Flur führt und ich bemerke, dass mindestens zwei Personen den Raum betreten. Wieder sind es Laura und Helen.

„Ich muss dir etwas erzählen Helen."

Lauras Stimme klingt geheimnisvoll während ich höre, wie das Wasser ins Waschbecken läuft und sich jemand die Hände wäscht.

„Was gibt es denn jetzt schon wieder, Laura?"

Helen klingt müde und genervt.

„Es geht um Brummi."

„Um Brummi? Was ist denn mit ihr?"

„Aber nicht weiter erzählen Helen, versprochen?"

„Ja, ist schon gut. Du musst es mir ja nicht erzählen, wenn es so ein Geheimnis ist."

Helen ist sehr ärgerlich, aber Laura will und muss ihre Neuigkeit los werden.

„Die haben Brummi und Herrn Neuer erwischt."

Triumphierend schmettert Laura ihrer Kollegin Helen die Neuigkeit entgegen.

„Wie, was meinst du damit, die haben Brummi und Wolfgang erwischt? Das verstehe ich nicht. Wobei haben sie die beiden erwischt?"

„Du weißt schon was ich meine, Helen."

„Nein Laura, ich weiß es nicht, und ich will und kann es mir auch nicht vorstellen."

„Nun ja, Herr Hauptmann hat die beiden bei einer Gebäudebesichtigung mit eventuellen Mietern dabei erwischt, wie sie sich miteinander vergnügten. Naja, du weißt schon was ich meine. Mensch, Helen, die beiden hatten Sex miteinander."

„Wo?"

„Na, in irgendeinem der leer stehenden Gebäude, die die Firma verkaufen will. Wo genau, weiß ich auch nicht."

Einen Moment herrscht ungläubige Stille. Auch ich kann nicht begreifen, was ich da gerade gehört habe.

‚Brummi und der nette Wolfgang Neuer? Unser Hausmeister und Brummi?'

Ich kann und will mir das nicht vorstellen. Sie, die aufgeschwemmte, ungepflegte und unappetitliche Person und der schlanke, trotz seiner handwerklichen Tätigkeit stets adrett gekleidete Hausmeister? Das kann nicht sein. Ich will das einfach nicht glauben. Jemand muss sich einen bösen Scherz erlaubt haben, indem er diese unglaubliche Nachricht verbreitet. Unser Hausmeister kann sich doch nicht mit dieser unmöglichen Person abgeben. Oder doch? War seine Not so groß, dass er sie nahm, da sonst keine andere zur Verfügung stand? Hat sie sich ihm anscheinend so freizügig zur Verfügung gestellt? Aber soviel ich weiß, ist er doch verheiratet?

Fragen über Fragen, die mich eigentlich nichts angehen sollten. Und dann fällt mir aber ein, dass Wolfang Neuer mir ja selbst einmal erzählt hatte, dass er und seine Frau sich getrennt hatten. Hatte ich bei der unfassbaren Vorstellung, dass Brummi und er sich angeblich in einem leer stehenden Gebäude sexuell miteinander vergnügt haben sollen, total vergessen.

Nach einer endlosen Stille höre ich die ungläubige und fassungslose Stimme von Helen:
„Sag das noch einmal Laura. Sag bitte, dass das nicht stimmt."
„Doch Helen, es stimmt. Glaube es mir."

Eine Weile herrscht wieder absolute Stille, in der man eine Stecknadel hätte hören können, die auf den Boden fällt.

„Woher weißt du das?"

„Frau Sander, die neue Chefsekretärin von Herrn Hauptmann hat es mir erzählt. Du weißt doch, dass ich sie schon von früher kenne. Und gestern Abend kam sie mich besuchen, und während wir zu Abend aßen erzählte sie mir die Geschichte. Herr Hauptmann war wohl sehr schockiert, als er von dieser Besichtigungstour zurückkam."

„Wird es Konsequenzen für Brummi und Wolfgang haben? Weißt du etwas darüber oder hat Frau Sander davon nichts erwähnt?"

„Nein, ich habe sie auch nicht danach gefragt. Ich war einfach viel zu schockiert. Dann kam Günther nach Hause und wir haben das Thema gewechselt. Heute hatte ich noch keine Zeit, um Frau Sander weiter auszufragen. Aber das werde ich noch tun und dann sage ich dir, wie es mit den beiden weiter geht."

„Ja, ist gut, Laura. Das würde mich jetzt wirklich interessieren."

Und mich in meinem engen Gefängnis auch. Es scheint tatsächlich zu stimmen. Brummi und Wolfgang. Ich fasse es nicht. Er so nett und sie so falsch. Nun bin ich wenigstens nicht mehr die einzige Person, die weiß, dass Brummi ihren

Mann betrügt. Denn jetzt, da bin ich mir absolut sicher, wird die Geschichte die Runde in unserer Firma machen. Und das nicht nur in unserem, sondern auch in den anderen Gebäuden, die zu unserer Firma gehören.

Es überfällt mich ein kalter Schauer, wenn ich mir die beiden zusammen vorstelle.

Doch ich habe keine Zeit weiter darüber nachzugrübeln, denn schon geht die Tür wieder auf.
„Hallo Ihr zwei, macht Ihr hier Mittagspause?"
„Nein, wie kommst du denn darauf, Trixie? Helen und ich wollten uns nur schnell die Hände waschen, bevor wir zurück in unsere Büros gehen. Wir sind schon viel zu lange unterwegs."
„Tschüss ihr beiden."
„Ja, tschüss Trixie, tschüss Julia."
„So, jetzt aber schnell den Test machen, bevor wieder jemand herein kommt."
Die aufgeregte Stimme von Trixie überschlägt sich fast.
„Erst einmal lesen, wie es gemacht wird. Trixie. Nicht, dass das Resultat danach falsch ist."
„Mach schnell, Julia. Ich kann es kaum noch aushalten."
Ich höre hinter der Tür, wie Julia leise vor sich hinspricht. Anscheinend liest sie die Gebrauchsanweisung genau durch.

„Mach doch schneller, Julia. Mein Gott, das dauert ja eine Ewigkeit, bis du damit fertig bist."

„Dann lies doch selbst, Trixie. Wenn es bei dir schneller geht, bitte."

Anscheinend gibt Julia verärgert die Gebrauchsanweisung an Trixie weiter, die jedoch sofort abwehrt:

„Nein, nein. Entschuldige bitte. Es ist ja nur, weil ich so aufgeregt bin."

Eine kleine Weile ist es still.

„Gut, ich weiß jetzt, wie es geht."

Julia erklärt Trixie, was sie zu machen hat und diese geht wieder einmal in die Kabine neben der, in der ich mich befinde. Es raschelt und Trixie stöhnt ein wenig, dann ist das Werk vollbracht. Stolz verlässt sie anschließend die Kabine und zeigt Julia das Resultat.

„So Trixie, jetzt müssen wir warten, ob sich das Testgerät verfärbt."

„Und wenn nicht, Julia? Was bedeutet es dann?"

„Mein Gott Trixie! Dann bedeutet es, dass du nicht schwanger bist. Nur wenn es sich verfärbt, bist du schwanger. Und selbst das ist nicht sicher. Es kann sein, so steht es jedenfalls in der Beschreibung, dass man den Test nach einigen Tagen wiederholen muss, um einhundert Prozent sicher zu sein, dass man schwanger ist."

„Ach, wie umständlich. Ich dachte, das wäre einfacher."

Trixie ist wieder Trixie. Ein bisschen dumm aber ganz viel lieb.

Es ist still. Wieder einmal so still, dass man eine Stecknadel hätte fallen hören. Aber warum sollte gerade in diesem wichtigen Moment für Trixie eine Stecknadel fallen? Ich kann mir in meinem Gefängnis nur vorstellen, wie gebannt Julia und Trixie auf das Teststäbchen starren. Dann, der Schrei kommt so unerwartet, dass ich in meinem Gefängnis zusammen fahre.
„Gott, sei Dank, Gott, sei Dank."
Es ist, als ob man die Zentnerblöcke, die gerade von Julia hinunter purzeln, hören könnte. Die Erleichterung in ihrer Stimme ist grenzenlos.
„Du hast noch einmal Glück gehabt, junge Dame."
Und das erste Mal, seit ich Trixie kenne, hält sie ihren Mund und sagt kein Wort. Dann ein leises Schluchzen, und ich wäre am liebsten zu ihr gelaufen und hätte sie in meine Arme genommen. Aber das tut nun bestimmt ihre beste Freundin Julia.
„Aber,"
schluchzt Trixie herzerregend.
„Aber, ich hätte mich so gefreut."
Und wieder ein lauter Schluchzer.
„Ich weiß, ich weiß meine liebe Trixie. Aber guck mal,"

versucht Julia sie liebevoll zu trösten, und ich kann mir vorstellen, dass sie Trixie dabei fest im Arm hält.

„Du bist noch so jung und kannst noch ganz viele Kinder bekommen. Heirate erst einmal und wenn ihr in eurem neuen Haus wohnt, dann wird das mit dem Kinderkriegen auch schon klappen. Meinst du nicht?"

Ich kann nicht sehen ob Trixie nickt, aber ihr Schluchzen wird weniger und hört nach einer Weile ganz auf.

„Du hast bestimmt recht, Julia, aber ich hatte mich schon so gefreut."

„Du freust dich noch mehr, wenn du nach eurer Hochzeit Karl-Heinz damit überraschen kannst. So, und nun müssen wir zurück an die Arbeit."

Die Tür fällt ins Schloss und ich bin endlich alleine. Nun ist es mir langsam egal, ob mein Bein mich trägt oder nicht. Ich schließe meine Hose und lasse die Wasserspülung laufen. Dann verlasse ich mein unfreiwilliges Gefängnis und wasche mir meine Hände. Dabei stehe ich auf meinem rechten Bein aus Angst, das linke würde versagen. Und so, als ob ich gerade erst das Laufen erlernt hätte, schlurfe ich vorsichtig erst ein paar Mal in der Damentoilette hin und her, bevor ich den Raum verlasse.

Ein letztes Mal öffnet sich die Tür und dieses Mal ist es Larissa, die den Raum betritt.

„Hallo, Lieschen,"

begrüßt sie mich freundlich.

„Hallo, Larissa,"

grüße ich zurück und lächle sie an. Larissas Haare sind heute dunkelrot mit rosa Strähnchen versetzt. Dazu trägt sie ein bunt gemustertes, kurzes Kleid und bunte Ringelstrümpfe. Man würde sie eher auf einem Jahrmarkt vermuten, als in einer seriösen Firma.

„Das ist heute ein guter Tag."

Larissa lächelt mich an.

„Warum?"

frage ich sie und verstehe nicht, was sie mir damit sagen will.

„Nun, die meisten Chefs sind auf Dienstreise und einige in Urlaub, da kann man viel Arbeit, die liegen geblieben ist, endlich erledigen. Oder?"

Sie lächelt mich an und verschwindet in der Toilette, auf der ich Stunden verbracht hatte.

‚Warum ist sie nicht schon viel früher einmal hier herein gekommen'?

denke ich.

‚Sie scheint die Einzige zu sein, die außer mir diese Kabine benutzt. Dann wäre es doch aufgefallen, dass noch jemand anderes da ist.'

Außerdem bestätigt sich mal wieder die Tatsache, dass man nie nach dem Äußeren einer Person urteilen soll, denn so verrückt wie sich Larissa kleidet, so fleißig und strebsam ist sie, wenn es um ihre Arbeit geht. Sie ist eine der wenigen Kolleginnen, die den ganzen Tag noch nicht das stille Örtchen aufgesucht hatte.

Dieses Mal bin ich diejenige, die den Raum verlässt und Larissa ist diejenige, die bleibt. Auch ein gutes Gefühl.
‚Ob sie auch so lange dort verbringen muss, wie ich'?
Diesen Gedanken mag ich mir gar nicht erst ausmalen.

Kapitel 8

Humpelnd und mit unsicheren Schritten bewege ich mich zurück in mein Büro. Immer wieder muss ich anhalten und mit meinem linken Fuß ein paar Mal auf die Erde stampfen, damit die Zirkulation meines Blutes nicht ins Stocken gerät. Während ich mich so langsam aber sicher auf mein Büro zubewege, muss ich an den angeblichen Unfall unseres Geschäftsführers Spengelmann denken. Wenn das stimmt, was ich auf der Damentoilette gehört habe, dann verstärkt es nur meinen Eindruck, den ich von diesem Mann habe. Ich habe ihn von Anfang an nicht gemocht. Er war mir einfach unsympathisch, und ich konnte nicht einmal sagen, warum. Jetzt weiß ich es. Er ist immer nur auf seinen eigenen Vorteil bedacht und wie es anderen Menschen geht, ist ihm völlig egal. Auch wenn er in seiner Antrittsrede genau das Gegenteil behauptete.

Aber wie so oft denke ich, dass Menschen, die in die Geschäftsleitung aufsteigen, vielleicht so egoistisch und hart sein müssen, um sich gegen die anderen Konkurrenten durchzusetzen. Wer weiß das schon?

Eigentlich schade, oder?

Auf dem Weg zurück in mein Büro komme ich an der Küche vorbei und denke sofort an die Unterlagen, die Frau Häberlein dort angeblich in den Mülleimer geworfen hatte. Langsam gehe ich hinein und durchwühle ihn. Tatsächlich finde ich drei handgeschriebene Briefe meines Chefs, des Herrn Legemüller, die ich für ihn tippen sollte. Nicht auszudenken was passiert wäre, wenn ich das Gespräch nicht zufällig mit angehört hätte. Ich nehme mir vor, so schnell wie möglich mit Herrn Pünktchen über diese Angelegenheit zu sprechen.
Dann humpele ich weiter bis zu meinem Büro. Dort angekommen öffne ich vorsichtig die Tür und begebe mich langsam, Schritt für Schritt, auf meinen Schreibtisch zu.
‚Jetzt ein Glas Wasser, ich werde mir sofort ein Glas Wasser einschütten,‘
denke ich, während ich mich meinem Schreibtisch nähere.

Anscheinend hat Herr Pünktchen doch etwas gehört, denn sein Kopf erscheint im Türrahmen seines Büros, das direkt an mein Büro grenzt.

„Frau Müller-Maierfeld,"
ruft er überrascht aus.

„Frau Müller-Maierfeld! Wo waren Sie denn so lange? Wir haben Sie überall gesucht, und Herr Legemüller ist außer sich, weil er Sie nicht erreichen kann. Ich habe ihm gesagt, dass Sie nur kurz nach der Post sehen wollten und ich Sie seitdem nicht mehr gesehen habe. Er glaubt mir nicht und meint, dass ich Sie nur schützen will und dass Sie heute überhaupt nicht zur Arbeit erschienen sind."

Noch nie hatte ich Herrn Pünktchen so aufgebracht erlebt.

Plötzlich erscheint über seinem Kopf das Gesicht von Kurt. Da er mindestens einen Kopf größer ist als Herr Pünktchen, fällt ihm das nicht besonders schwer.

„Frau Müller-Maierfeld, wo waren Sie denn nur? Wir haben Sie überall gesucht. Wir dachten schon, Ihnen wäre etwas zugestoßen."

Ich kann seine Erleichterung darüber, mich wohlbehalten an meinem Schreibtisch stehen zu sehen, an seinem Gesicht ablesen. Wie Herrn Legemüller, sieze ich auch Herrn Pünktchen und Herrn Stockmann, so lautet der Nachname von Kurt. Es ist für mich eine Art Achtungserweis meinem Chef und den beiden Kollegen gegenüber. Es soll ihnen zeigen, dass ich sie sehr schätze.

„Ach, wissen Sie, Herr Pünktchen, ach Herr Stockmann,"
antworte ich langsam, während sich meine rechte Hand stützend an meinem Schreibtisch fest hält, und ich fühle, dass mein linkes Bein langsam wieder zu seiner Normalität zurückkehrt.
„Das war nämlich so, Herr Pünktchen."
Vorsichtig setze ich mich auf den Stuhl vor meinem Schreibtisch. Meine Beine kribbeln plötzlich wieder so heftig, als ob Tausende von Ameisen hindurch laufen würden. Als ich aufblicke, sehe ich direkt in die besorgten Augen von Herrn Pünktchen und Herrn Stockmann, die mittlerweile genau vor meinem Schreibtisch stehen.

„Heute Morgen war ich doch eigentlich auf dem Weg nach oben, um die Post abzuholen und wollte dabei nur einmal kurz zur Toilette. Und dort angekommen, ach, ja, Herr Pünktchen, wissen Sie, da, naja, ach, Herr Pünktchen, ach, Herr Stockmann.
Während ich den beiden Kollegen meine Geschichte erzähle, suche ich verzweifelt nach meiner Sprudelflasche, um einen Schluck daraus zu trinken, denn mein Durst ist mittlerweile kaum noch auszuhalten. Doch vergebens. Zu allem

Übel hatte ich sie doch tatsächlich heute Morgen zuhause vergessen und auf meinem Küchentisch stehen gelassen.

Kann ich bitte eine Tasse Kaffee haben?"

Sofort eilt Herr Stockmann in die Küche, um mir eine Tasse Kaffee zu besorgen. Den ersten Schluck davon trinke ich ganz vorsichtig, denn er ist heiß, und nach allem, was bisher geschehen ist, will ich mir nicht noch meinen Mund verbrennen, egal wie groß der Durst auch ist.

Endlich wird das Kribbeln in den Beinen weniger und nach und nach erzähle ich den Beiden, wie ich in meine missliche Lage geraten bin, und warum ich so lange weg geblieben war. Sie lachen, und ich sehe ihnen an, dass sie wirklich erleichtert darüber sind, dass es so eine einfache Erklärung für mein Verschwinden gibt.

„Wir müssen Ihnen doch noch ein mobiles Telefon besorgen, Frau Müller-Maierfeld",

meint Herr Stockmann lächelnd.

Bisher hatte ich mich immer dagegen gewehrt. Ich wollte wenigstens in meiner Freizeit Ruhe vor der Firma haben.

„Um Himmels willen, nein,"

rufe ich in gespielter Empörung.

„Stellen Sie sich doch bloß einmal vor, dass dort plötzlich mein Telefon geklingelt hätte."

Selbstverständlich habe ich bis fast Mitternacht gearbeitet, um den Stapel Briefe, die mir Herr Legemüller auf den Schreibtisch gelegt hatte, zu tippen und auszudrucken. Tatsache ist auch, dass mir mein Herr Legemüller am nächsten Morgen eine deftige Standpauke hielt und nicht wirklich glauben wollte, dass ich unfreiwillig eine solch lange Zeit auf der Toilette zugebracht hatte. Aber er beruhigte sich schnell wieder.

Aber vorher hatte ich ein längeres Gespräch mit Herrn Pünktchen, und es dauerte nicht lange, und Frau Häberlein musste unsere Firma verlassen. Man hatte Unregelmäßigkeiten in ihrer Arbeit gefunden, außerdem konnte man ihr nachweisen, dass sie sich von Kunden bestechen gelassen hatte. Daraufhin wurde sie fristlos entlassen.

Und Frau Kleinmann? Die Andeutungen über einen angeblichen neuen Freund. Wer das wohl sein könnte? Diese Frage interessiert mich schon mehr, doch ich wusste genau, bei der ‚Nachrichtenlage' und dem ‚Informationsfluss' in unserer Firma würde ich das umgehend erfahren. So war es dann auch. Bald zeigten sie sich zusammen, kamen zusammen zur Arbeit und fuhren gemeinsam nach Hause.

Ich war mir ja schon zu Beginn sicher, dass eigentlich nur Herr Obermeier, der Chef von Helen und Laura, Frau Kleinmanns neuer Liebhaber sein könnte. Je mehr ich an die Begebenheit am Grillplatz nachdenke, umso sicherer war ich mir, und meine Vermutung wurde mittlerweile auch bestätigt. Sie waren sehr verliebt und zeigten es auch. Es dauerte nicht lange und sie heirateten. Doch die Verbindung war leider nicht von Dauer. Angeblich hatte er eine Freundin nebenbei und als Frau Kleinmann dieses erfuhr, trennte sie sich sofort von ihm. Sie verließ sogar unsere Firma, um nicht mehr mit ihm zusammen arbeiten zu müssen. Auch er verließ die Firma, warum weiß niemand. Ja, natürlich werden es einige wissen, aber sie halten dicht.

Ach, ja. Unser lieber Hausmeister Wolfgang hält sich nach dem einmaligen Ausrutscher mit Brummi seltsam fern von ihr.
Brummi ist mittlerweile in Rente, in Frührente. Irgendwie wurde sie „gegangen". Genaues wurde aber nie bekannt.

Natürlich erzählte mir Barbara brühwarm, dass Herr Spengelmann, während er mit seinem Handy mit ihr telefonierte, einen schweren Verkehrsunfall mit mehreren Verletzten verursacht hatte.

Dass er während der Fahrt telefoniert hatte, sollte und durfte die Polizei auf keinen Fall erfahren.

‚Wenn sie es aber weiterhin allen Kollegen erzählt, lässt sich das aber bestimmt nicht verhindern,‘

dachte ich insgeheim.

Hoffentlich haben Brummi und Trixie nicht schon anderen Mitarbeiterinnen und Mitarbeitern, hinter vorgehaltener Hand und unter strengstem:

„Aber bloß niemandem weitererzählen,"

von dem Unfall unseres Geschäftsführers Spengelmann erzählt. Aber was ich im Moment vielleicht für noch wichtiger halte ist, dass seine eigene Sekretärin Barbara weiterhin den Mund hält, denn letztendlich ist nur durch sie die ganze traurige Angelegenheit durchgesickert und machte nun die Runde nicht nur in unserer Firma.

Der angeblichen Freundin von Herrn Spengelmann, die mit im Auto gesessen hatte, ging es mittlerweile auch besser, und er konnte diesen Umstand auch noch vor seiner Frau verbergen. Er hatte ihr erzählt, dass er für zwei Tage auf Dienstreise fahren musste, und der Unfall auf der Rückfahrt passierte.

Seine Freundin erholte sich von ihren schweren Verletzungen und nachdem sie wieder zuhause war, trennte sich Herr Spengelmann von ihr. Ob seine Frau jemals etwas von der Geliebten ihres

Mannes erfuhr, habe ich nie erfahren und seltsamerweise hielt seine Sekretärin Barbara zum ersten Mal ihren Mund. Auch der schwerverletzte Autofahrer, den Herr Spengelmann so rücksichtslos angefahren hatte, erholte sich mit der Zeit und behielt Gott sei Dank keine langwierigen Schäden davon. Außerdem bestätigte sich meine Vermutung, dass er alleine in seinem Wagen gesessen hatte, als das Unglück geschah. Was für ein Glück.

Plötzlich waren die Zeitungen voll von Berichten über meine Firma. Einer der Geschäftsführer sollte angeblich in unlautere Machenschaften verstrickt sein. Erst später erfuhr ich, dass es Herr Spengelmann gewesen sein sollte. Er musste seinen Chefsessel räumen, und ich habe keine Ahnung, was er jetzt macht.

Barbara ist mittlerweile auch nicht mehr in der Firma. Nachdem Herr Spengelmann gehen musste, kam ein neuer Geschäftsführer, mit dem sie sich absolut nicht verstand. Ob er erkannte, dass sie eigentlich nicht über die erforderlichen Erfahrungen einer Chefsekretärin verfügte und außerdem nicht die Qualifikation für diese Stellung besaß? Hinzufügen muss ich noch, dass ihr politischer Gönner mittlerweile auch in der Versenkung verschwunden war. So hatte sie keinen

Beschützer mehr. Aber Barbara wäre nicht Barbara, hätte sie da keinen Weg gefunden, um der misslichen Lage, in der sie sich mit dem neuen Geschäftsführer befand, zu entgehen.

„Ich mache einfach krank, bis der geht,"

posaunte sie laut überall herum. Und sie tat es. Sie meldete sich am nächsten Tag krank, reichte tatsächlich einen Krankenschein ein, und ein verantwortungsloser Arzt verlängerte ihn immer wieder.

Als der neue Geschäftsführer nach über einem Jahr durch einen anderen ersetzt wurde, glaubte sie doch tatsächlich, auf ihren alten Posten so ohne weiteres wieder zurückkehren zu können.

Es musste sie hart getroffen haben, als man ihr sagte, die Stelle wäre jetzt mit einer neuen Kraft besetzt, sie könnte aber gerne in einer anderen Abteilung als Sekretärin arbeiten.

Wutentbrannt kündigte Barbara. Kein Verlust für die Firma, im Gegenteil. Auch ihre Ehe ging in die Brüche. Für mich ein Wunder, dass sie überhaupt so lange gehalten hatte, so egoistisch und stur, wie Barbara nun einmal war und wahrscheinlich immer noch ist.

Nach zwei Jahren heirateten Trixie und ihr Verlobter und nach weiteren zwei Jahren bekamen die Beiden eine kleine Tochter. Danach sprach Trixie nie wieder von einer Fußballmannschaft, die sie zur Welt bringen wollte. Sie arbeitet weiterhin in unserer Firma, jedoch nur noch als Halbtagskraft, und ihre Schwiegermutter versorgt währenddessen ihre kleine Tochter.

Herr Legemüller genießt mittlerweile seine wohlverdiente Rente. Herr Konrath-Klein, der, wie von mir geahnt und vorhergesagt, nach dem Ausscheiden von Herrn Legemüller dessen Nachfolger wurde, lebte weiterhin während der Woche in einem Hotel im Nachbarort unserer Firma. Am Wochenende fuhr er immer nach Hause. Seine Familie wollte nicht zu ihm umziehen, was verständlich ist, da sie ein großes Haus in ihrem Heimatort bewohnen. Doch schon nach ungefähr zwei Jahren wurde er in den Stammsitz des Unternehmens zurück beordert.
Leider ist der Kontakt zu ihm und zu meinem verehrten Herrn Legemüller mittlerweile komplett abgerissen.

Als Helen erfuhr, dass Kurt eine Lebenspartnerin hatte, die bei ihm wohnte, brach sie zusammen. Es dauerte lange, bis sie sich von dieser Enttäuschung erholte. Irgendwann lernte sie dann einen anderen Mann kennen. Es ist ein neuer Mitarbeiter, den ich als sehr primitiv einschätze und der kein Vergleich zu Kurt Stockmann ist. Die beiden heirateten ziemlich schnell. Ich hoffe für Helen, dass er nicht nur ein plumper Ersatz für Kurt ist und sie ihn nicht nur aus Enttäuschung geheiratet hat. Das wäre keine gute Basis für eine funktionierende Ehe. Aber auch sie haben mittlerweile die Firma verlassen. Ich habe keine Ahnung, wo sie sich jetzt befinden und was sie machen. Ob sie noch verheiratet sind? Ich wage es zu bezweifeln.

Frau Gründerling blieb nicht lange in unserer Firma. Schon nach kurzer Zeit wurden Unregelmäßigkeiten bei ihrer Arbeit festgestellt. Durch ihre mangelhaften Kenntnisse drohte der Firma ein größerer Schaden. Daher wurde sie noch während ihrer Probezeit entlassen. Kein wirklicher Verlust. Ich kann im Nachhinein nicht verstehen, dass man sie überhaupt eingestellt hatte. Oder hatte sie in ihren Bewerbungsunterlagen etwa falsche Angaben gemacht? Das habe ich bis heute noch nicht herausgefunden.

Die stille Lydia verschwand genau so leise, wie sie gekommen war. Eigentlich schien niemand Notiz von ihrem Weggang zu nehmen. Einmal traf ich sie beim Einkaufen und stellte fest, dass sie schwanger war. Sie lächelte scheu und wollte wortlos an mir vorbei gehen, doch ich sprach sie an.

„Wie geht es dir Lydia?"

„Och, ganz gut,"
war ihre verlegene Antwort.
„Du bist wieder bei deinem Mann?"
Sie nickte.
„Er hat jetzt Arbeit und alles ist besser."
Sie hatte diese Worte fast geflüstert und dabei zu Boden geschaut. Warum nur kann ich ihr nicht glauben?
„Ich muss schnell nach Hause, kochen. Mein Mann kommt bald, und er will sein Essen pünktlich haben."
Sie lächelte ein wenig und eilte zur Kasse. Ich denke oft an sie und was sie jetzt wohl macht. Glücklich sah sie nicht aus. Seitdem habe ich sie nie mehr gesehen und muss doch oft an sie denken, und frage mich, wie es ihr jetzt wohl ergeht?

Aber was ich von Martha hörte, erzeugt doch einiges Kopfschütteln. Angeblich hat sie sich selbst freiwillig degradiert und eine andere Stelle in der Firma eingenommen. Sie, die quasi über Leichen ging, um ihre alte Position zu bekommen? Sie soll freiwillig ihren Posten geräumt haben? Das kann ich mir beim besten Willen nicht vorstellen. Ich glaube eher, dass der neue Geschäftsführ erkannte, dass sie eine absolute Fehlbesetzung war und sie deshalb ihren Stuhl räumen musste. Aber das sind Spekulationen, genaues weiß ich nicht.

Mitleid habe ich mit Carmen. Nachdem Klaudia ihren Auftrag für unsere Firma beendet hatte, kam sie nicht mehr. Man sah Carmen an, dass sie litt. Häufig erschien sie mit stark geröteten Augen zur Arbeit, und ich hätte sie so gerne getröstet. Leider ging das aber nicht, sonst hätte ich ihr ja verraten, dass ich ihr Geheimnis kenne, und ich weiß nicht, ob ihr das recht gewesen wäre. Ich wünsche ihr so sehr, dass sie mit der Zeit über diese Enttäuschung hinweg kommen wird, denn sie ist einer der wenigen Kolleginnen in dieser Firma, die ich wirklich schätze.

Häufig begegne ich ihr bei meinen täglichen Spaziergängen. Immer ist sie alleine und in sich gekehrt. Wie sehr würde ich ihr eine liebevolle Beziehung gönnen.

Auch ich bin nun in Rente und froh, dieser Firma und den meisten Kolleginnen und Kollegen entronnen zu sein. Manche vermisse ich aber auch. Einige treffe ich manchmal beim Einkaufen, und dann erfahre ich die neuesten Tratsch- und Klatschgeschichten der Firma. Es hat sich nicht viel geändert. Auch die immer wieder wechselnden Geschäftsführer bringen keinen neuen Schwung ins Unternehmen und ich frage mich manchmal, wie lange die Firma sich noch in der heutigen schnelllebigen Zeit behaupten kann.

Ich genieße ich mein Rentnerdasein in vollen Zügen, schlafe jeden Morgen aus, reise um die Welt, erfreue mich meines Lebens und bin jeden Morgen beim Aufwachen froh, nicht mehr in diese Firma gehen zu müssen.